할아버지라는 이름의 바다

김춘수 시인의 손녀 유미와 유빈의 추억 나누기

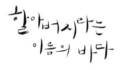

초판 1쇄 인쇄 2008년 8월 11일   초판 1쇄 발행 2008년 8월 21일

지은이 김유미 · 김유빈 펴낸이 김태영

비즈니스 1파트장 신민식
비즈니스 1파트 직속팀 신민식
책임외주편집 차창룡
마케팅분사 곽철식 이귀애 제작 이재승 송현주

펴낸곳 (주)위즈덤하우스 출판등록 2000년 5월 23일 제13-1071호
주소 서울시 마포구 도화동 22번지 창강빌딩 15층 전화 704-3861 팩스 704-3891
전자우편 wisdom7@wisdomhouse.co.kr 홈페이지 www.wisdomhouse.co.kr
출력 미광원색사 종이 화인페이퍼 인쇄 미광원색사 제본 서정바인텍

값 9,800원 ISBN 978-89-5913-327-7 03810

이 책의 국립중앙도서관 출판시도서목록(CIP)은 e-CIP 홈페이지(http://www.nl.go.kr/cip.php)에서 볼 수 있습니다.
(CIP 제어 번호 : 2008001998)

할아버지라는 이름의 바다

김춘수 시인의 손녀 유미와 유빈의 추억 나누기

김유미 · 김유빈 지음

예담

격 려 사

우리 시단의 '기숙'이셨던
선생님을 그리며

정진규(시인)

김춘수 시인의 손녀 유미와 유빈의 추억 나누기 글들을 각각 한
꼭지씩 읽으며, 나는 대여(大餘, 김춘수 선생의 아호) 선생님의
체취에 깊게 취했다. 생전처럼 곁에 계신 듯했다. 그만큼 유미
와 유빈의 할아버지에 대한 추억은 깊었다. 선생의 아호 그대로
큰 그늘이 거기 넉넉함으로 어려 있었다.

생전에 나는 선생님을 가까이 모실 수 있는 기회를 허락받
아 그 복을 마냥 누렸다고 할 수 있다. 내가 관계하는 시 전문지
『현대시학』의 큰 기둥으로 선생님을 모시고 싶어 내가 사전을
뒤적여 찾아낸 기숙(耆宿, 나이 들어 덕망과 경험이 높고 깊은 사람)
이라는 말로 선생님을 호칭하고자 한다고 말씀드렸을 때, 선생
님은 껄껄 웃으시며 마다하지 않으셨다. 다만 "너무 이름이 호
사스럽구먼" 하셨다.

그렇게 선생님은 우리 『현대시학』의 '기숙'으로 늘 울타리

가 되어주셨다. 때로는 따뜻했고 때로는 호된 꾸짖음도 주셨다. 선생님은 참으로 우리 시를 사랑하고 시의 위의(威儀)를 지키시는 우리 시단의 유일한 '기숙'이셨다.

이런 일도 있었다. 『현대시학』이 한때 너무 많은 신인을 배출하자 선생님은 시가 무슨 돗데기시장처럼 헤퍼서야 말이 되느냐고 무섭게 꾸짖으셨다. 선생님 말씀대로 곧 자세를 바로 하여 『현대시학』은 오늘날까지 많은 시인들이 신뢰하고 선망하는 지면을 유지할 수 있었다. 어디 그뿐이었겠는가. 『현대시학』과 나 정진규 개인의 시와 삶에는 선생님의 큰 그늘이 넓고 깊게 스며 있음을 나는 늘 감지하고 있다. 그런 선생님이 연전에 돌아가셨을 때 나는 장례식의 심부름을 하면서 돌아서 울고 울었다. 분에 넘치게도 선생님을 보내드리는 조사를 곡(哭)으로 눈물 찍어 쓰면서 얼마나 막막했던가. 붓으로 서툴게 써서 병풍을 엮어 저승의 찬 기운을 가려드리고자 헌정하자 꿈에 나타나셔서 '고맙다'는 손길을 얹어주신 기억을 잊을 수 없다. 저승에서 춥지 않으셨으면 좋겠다.

이런 선생님의 두 손녀가 선생님에 대한 추억을 간절함 그 자체로 쓴 글들이 책으로 묶여 나온다. 그 가운데서 할아버지와 함께했던 유미의 「명일동 추억」, '혼자 살짝 다녀오는 명일동'이기까지 한 그곳은 문장으로서도 매우 뛰어나다. 유빈의 「커피

예찬」, 할아버지의 「달맞이꽃」을 다시 써본 새 「달맞이꽃」 가운
데 '홀로 피어 서러운 이파리들이/한밤내 가득 달빛을 품고' 는
선생님도 "유빈이 시 참 잘 썼네" 어깨를 두드려주실 것 같다.
유미, 유빈 두 손녀와 함께 선생님을 그리워한다.

격려사

유미, 유빈과의 인연

류기봉(시인)

유미, 유빈이는 고 김춘수 선생님의 손녀들입니다. 김춘수 선생님의 둘째 아드님의 두 딸입니다. 선생님께서 살아 계실 때 유난히 아꼈던 손녀들이었습니다. 어릴 때부터 그 둘은 유난히 선생님을 잘 따르기도 했거니와 남다른 글재주가 있어서인지 선생님께서는 두 손녀가 보고 싶다는 핑계로 가끔 대전 나들이를 하셨습니다. 어쩌다 대전에 가실 때 동행할 때도 있었는데 그때마다 선생님 눈빛은 광채가 나고 가냘픈 입술에 생기가 도셨습니다. 어느 때는 편지도 슬쩍 내미셨습니다. "할아버지 할머니 보고 싶어요. 대전에 한번 내려오세요." 편지에는 동시도 한두 편 함께 있었습니다.

대전 둘째 아드님 집에 선생님께서 도착하면 아이들은 동시며 그림을 잔뜩 들고 와서 보여드렸습니다. 2시간 여행이 힘이 드셨을 법도 한데 선생님께서는 지친 기색 하나 없이 그림과 글들을 번갈아가며 보아주셨습니다. 제게도 그림과 글들을 보

8

여주시며 슬쩍 제 눈치를 살피기도 하셨습니다.

벌써 그 아이들이 커서 유미는 대학 국문과를 졸업하여 문필가의 길을 걷고자 준비하고 있고, 유빈이는 고3으로 대학 진학을 앞두고 있습니다. 어릴 때 선생님의 격려 덕분인지 두 손녀 모두 선생님과 같은 길을 걷고자 준비하고 있습니다.

세월이 참 빠르다는 걸 실감합니다. 선생님께서 살아 계셨더라면 아이들 커가는 모습에, 또 책을 펴낸다는 소식에 누구보다 먼저 기뻐하셨을 터인데, 아쉬울 따름입니다. 선생님께서 살아 계셨더라면 당연히 제가 이 글을 쓰고 있지도 않겠지요. 책 출간에 대해서도 더 많은 조언을 해주셨을 텐데…… 선생님께 누를 끼치는 것 같아 송구스럽고 아쉬울 뿐입니다.

선생님과의 오랜 인연으로, 또 유미, 유빈이 글을 남들보다 먼저 읽은 이유로 부족하지만 제가 몇 자 글을 적습니다.

세상에 처음 선보이는 유미, 유빈이의 글은 어쩌면 미숙할지도 모릅니다. 그러나 유미, 유빈이가 사물을 보는 시선은 예사롭지 않습니다. 봄날 아지랑이 피어오르는 언덕처럼 따스하고, 언덕에 비스듬히 서 있는 나무처럼 날카롭기도 합니다. 몽롱한 봄의 영상 속에서 사물을 꿰뚫어보는 직관 또한 보통이 아닙니다. 작품 행간마다 생의 원형을 보고 있는 것 같습니다. 선생님 살아생전에 따끔한 가르침의 영향이 없지 않겠지만 글을 읽으면서 유미, 유빈이가 얼마나 많은 노력을 기울였는지 혼자 숙연해지기도 했습니다.

저는 유미 유빈이의 글에 대한 열정이 앞으로 세상의 수많은 벽을 순조롭게 헤쳐나갈 거라 믿어 의심치 않습니다. 유미의 발칙 발랄한 성격은 요즘 신세대 글쓰기의 특장으로 여겨집니다. 개성 강한 작가로 한국문단의 주역이 되기를 바랍니다. 유빈이는 대학 진학을 눈앞에 두고 있어 본격적인 글쓰기는 어렵겠지만 대학에 진학하면 자기만의 개성을 살린 좋은 글을 쓸 것입니다. 저는 그들을 믿습니다. 선생님 뒤를 이어 훌륭한 작가가 되리라는 것을.

저는 이 글을 청탁받았을 때 마침 시공사에서 펴낸 『샤갈: 몽상의 은유』를 읽고 있었습니다. 마지막까지 선생님 곁을 지켰던 책 중 하나인데, 환상적 이미지만 남은 샤갈의 강한 색채는 다시 의미로 돌아오고 있는 선생님의 의식을 적절히 다스리지 않았나 싶습니다.

이 글을 끝맺으며 선생님께 나직이 말씀드립니다.

"김춘수 선생님! 유미, 유빈이가 글로써 세상에 첫발을 내딛고 있습니다. 장차 선생님 뒤를 이어 훌륭한 작가가 될 거예요. 이승의 끈을 놓지 말고 지켜봐 주세요"라고.

차례

격려사 우리 시단의 '기숙'이셨던 선생님을 그리며 _정진규   ··· 5
격려사 유미, 유빈과의 인연 _류기봉   ··· 8

하나 유미의 추억

머리말   ··· 18

할아버지 할머니의 빈자리에서

명일동 추억   ··· 22
할아버지와 카네이션   ··· 35
시와 밥   ··· 41
할아버지 빈소에서 만난 문인들   ··· 46
류기봉 선생님과의 추억   ··· 50

몽블랑 만년필 ··· 56

신들린 윷놀이 ··· 62

나 홀로 백일장 ··· 69

미행하는 할아버지 ··· 77

수능 전문 기자로 변신한 할아버지 ··· 85

발렌타인데이 선물 ··· 95

할머니 장례식 ··· 102

할머니를 위한 변명 ··· 112

마지막 데이트 신청 ··· 120

추억이 나를 키웠다

내 딸을 만능 스포츠 우먼으로! ··· 128

아빠와 텔레파시 ··· 133

삼촌과 외삼촌 ··· 136

소풍 ··· 142

언니 나 몇 키로 빼줄 건데? ··· 146

외갓집 ··· 151

종이비행기를 접어준 현중이 ··· 161

사랑이라는 것 ··· 166

시 업계에서는 그분이 킹이라지요? ··· 174

얼굴을 가린 나의 신부여　　　 ⋯ 177

서정주의 소설의 특징　　　　 ⋯ 182

할아버지 할머니 산소에 찾아가 담요를 태운 사연 ⋯ 186

둘
 유빈의 추억

머리말　　　　　　　　　　 ⋯ 197

언니 언니 우리 언니 ─ 시와 짧은 산문

초등학교 1학년 내 짝꿍 김창기　 ⋯ 202

커피 예찬　　　　　　　　　 ⋯ 206

달맞이꽃　　　　　　　　　 ⋯ 209

새벽녘　　　　　　　　　　 ⋯ 214

명길이　　　　　　　　　　 ⋯ 217

명일동　　　　　　　　　　 ⋯ 225

미아　　　　　　　　　　　 ⋯ 228

조화　　　　　　　　　　　 ⋯ 231

허브　　　　　　　　　　　 ⋯ 234

가로등　　　　　　　　　　 ⋯ 238

귀로   ··· 241

꼬마 울보의 이야기 – 산문 모음

꼬마 울보 이야기   ··· 246

여섯 살 소녀의 첫 소설   ··· 250

할아버지와 대머리 인형   ··· 254

할아버지는 내 차지!   ··· 258

술래잡기   ··· 262

선물   ··· 265

서점에서 있었던 일   ··· 269

어린 시절의 창작 활동   ··· 272

비밀노트 7호 – 일기

2000년 7월 14일 금요일(제목:암석)   ··· 276

2000년 7월 15일(제목:온천)   ··· 278

2000년 7월 16일 일요일(제목:물고기 기르기)   ··· 280

2000년 7월 18일 화요일(제목:통장)   ··· 282

2000년 7월 20일 목요일(제목:책)   ··· 284

2000년 7월 23일 일요일(제목:언니 친구가 놀러 왔다!)

                   ··· 287

2000년 7월 27일 목요일(제목:엄마의 파마) ··· 289

2000년 8월 12일 금요일(제목:내일은 부산으로!) ··· 291

2000년 8월 17일 수요일(제목:할아버지) ··· 293

2000년 8월 18일 금요일(제목:우리 언니) ··· 295

2000년 8월 22일(제목:숨기 놀이) ··· 298

내가 빗방울이라면 - 동시

시계 ··· 302

양말 ··· 303

바다 ··· 304

둥근 빗방울 ··· 305

내가 빗방울이라면 ··· 306

책 ··· 307

단풍잎 ··· 309

욕심쟁이 눈 ··· 310

겨울을 헤치고 ··· 311

발자국 ··· 312

하
나

유
미
의
추
억

머리말

나는 일기를 매우 열심히 쓴다. 그래서 책꽂이에는, 나에게 일어났던 극히 개인적인 이야기들로만 꽉꽉 채워진 두꺼운 일기장이 꽤 여러 권 꽂혀 있다.

일기장을 고를 때는 늘 최대한 두꺼운 것을 선택하는데, 그 이유는 일기장에 그림도 그리고, 사진도 붙이고, 영화표를 비롯한 각종 공연 티켓들도 붙이고, 기타 잡다한 스티커들도 덕지덕지 붙이기 때문이다. 그렇기 때문에 일기장 한 권을 다 쓸 때쯤이면, 그 두께가 처음 샀을 때보다 한 두세 배 정도는 불어 있다. 그렇게 일기장이 뚱뚱하게 살이 찔 때마다 내 마음도 넉넉해지는 것 같아서 흐뭇해진다.

내가 처음으로 전력을 다해 일기를 쓰기 시작했던 때는 대학교에 입학했던 2002년 5월부터다. 그때 나에게 처음으로 남자친구가 생겼다. 처음 가져보는 이성친구에 흥분한 나머지, 하루하루의 행복한 기억들을 잊지 않기 위해 일기를 쓰기 시작했다. 그때 나는 하루하루가 너무나 소중했기 때문에 마치 기록

하기 위해 태어난 사람, 예컨대 막중한 임무를 가진 사관처럼 일기장을 들고 다니며 모든 것을 빠짐없이 기록했다. 심지어는 만약 그가 나에게, 내 마음에 꼭 드는 다정한 문자를 보내주었다면 그것까지도 기록해두곤 했다.

그때 나는, 내가 무엇 때문에 이렇게까지 열심히 일기를 쓰는지 알지 못했다. 그러나 그 행복했던 순간들이 지나가고 한참 지난 지금에 와서 예전 일기들을 읽다 보니까 그 이유를 쉽게 알 것 같았다. 결국 내가 그토록 열심히 일기를 썼던 이유는 바로 소중한 기억이 잊혀지는 것을 무척 두려워했기 때문이다. 그래서 나중까지도 두고두고 기억할 수 있도록 그렇게 정성을 들여서 따뜻했던 순간들을 기록해두었던 것 같다.

그 소중한 순간들 속에서 두 사람은 다시는 돌아올 수 없는 머나먼 곳으로 떠나가버렸다. 바로 할아버지와 할머니. 나의 지나간 모든 기억들이 전부 다 하나같이 소중하고, 그 모든 기억들을 될 수 있는 한 가장 온전한 상태로, 그리고 아주 오랫동안 기억하고 싶지만, 그중 가장 온전한 상태로 가장 오래오래 기억하고 싶은 기억들이 있다면 그것은 바로 할아버지 할머니에 관한 추억들일 것이다. 그래서 나는 이 책을 쓸 결심을 했고, 이 책이 나오게 된 것을 진심으로 감사하게 생각하고 있다.

글을 쓰는 동안 많은 즐거움이 있었다. 할아버지, 할머니와의 기억 그리고 그밖의 여러 소중한 기억들을 깊고 편안하게 써내려가면서 다시 한번 내 나름대로 추억들을 정리할 수 있는 시간을 가질 수 있었다는 게 무엇보다 기뻤다. 그리고 책이 나오는 순간 여기저기 흩어져 있던 아련한 그 기억들이, 마치 자기에게 꼭 알맞는 편안한 집을 찾기라도 한 듯이 그 집으로 걸어 들어가 언제까지고 온전한 상태로 보관되어 있을 것만 같은 느낌이 든다. 그것은 나에게는 생각하면 생각할수록 흥분되는 기적과도 같은 행복이고 마법이다.

김유미

할아버지 할머니의
빈자리에서

꽃

내가 그의 이름을 불
러주기 전에는
그는 다만 하나의
몸짓에 지나지 않았다.

내가 그의 이름을 불러
주었을 때
그는 나에게로 와서
꽃이 되었다.

94년 새해 아침
유미에게
김춘수
한아버지가

명일동 추억

할아버지가 돌아가셨던 그해, 용기를 내어 명일동에 찾아간 적
이 있었다.

　　명일동이란 나에게 있어서 참 남다른 곳인데 다름이 아니라
할아버지, 할머니가 15년 가까이 사셨던 곳이기 때문이다. 할
아버지, 할머니와 관련된 나의 어린 시절 추억의 대부분이 거의
다 그곳과 연관되어 있다고 해도 과언이 아닐 만큼 많은 시간을
그곳에서 보냈다. 하지만 할머니가 암 선고를 받자 할아버지는
큰고모댁 근처에서 사시기 위해 대치동으로 이사하셨다. 그 후
얼마 지나지 않아 할머니가 돌아가시고, 할아버지는 또다시 분
당으로 이사하셨고 돌아가실 때까지 계속 분당에서 사셨다. 그
렇지만 나에게 있어서 '할아버지 댁'은 오직 명일동뿐이다.

한 살 때 할아버지와 함께

초등학교 시절
할아버지, 현중, 유빈과 함께
손가락으로 V자를 그리며

할아버지, 할머니가 사셨던 명일동의 동네 모습 이곳저곳은 아직까지도 한 곳 빠짐 없이 눈에 선하다. 아파트 통로를 나오면 왼편에는 현중이와 내가 늘 함께 놀았던 작은 놀이터가 있다. 한번은 그곳에서 이런 일이 있었다.

하루는 현중이와 내가 그네를 타고 있었다. 그런데 한 무리의 동네 꼬마 건달들이 우리 곁으로 다가와서 무시무시한 눈초리로 우리를 째려보는 것이었다. 그래도 우리가 전혀 눈치채지 못했다는 듯이 우리 할 일만 열심히 하자 별 수 없었던지, 갑자기 다른 재미있는 놀이가 생각난 척하더니 뺑뺑이 쪽으로 가버렸다. 그러고는 그곳에서 상당히 우리를 의식하는 듯한 시선을 던져가며 무서운 속력으로 뺑뺑이를 돌리는 것이었다. 우리는 잔뜩 겁에 질려 투명인간이라도 된 듯한 겸손한 포즈로 그저 얌전히 그네만 타고 있었다. 그런데 그 순간 현중이가 무엇을 발견한 것이다! 그 한 무리의 꼬마 건달들이 무서운 속력으로 돌리던 그 뺑뺑이 위에 놓여 있는 작고 가냘픈 생명체를! 그것은 아주 불쌍한 모습의 부상당한 한 마리 비둘기였다. 아이들은 고래고래 소리를 지르며 그 비둘기를 괴롭히고 있었다. 그 순간이었다! 갑자기 현중이가 슈퍼맨이라도 된 듯한, 왠지 멋져 보이는 표정을 짓더니 그 아이들에게로 다가가려 하는 것이었다. 유난히 겁이 많던 나는 깜짝 놀라서 "너 미쳤니? 너

애네들한테 맞아 죽고 싶어서 환장했니?"하며 현중이를 말리기 시작했다. 그러나 나의 만류에도 불구하고 꼬마 건달 무리를 향하여 당당하게 걸어가는 현중이를 보면서, '나라도 살자'하는 마음가짐으로 마치 현중이와 나는 전혀 상관없는 사람이라는 듯한 무심한 표정을 지으며 그네타기에만 몰두하고 있었다. 그렇지만 내심 걱정이 되어 최대한 행동의 폭을 작게 하고 오직 눈동자만 굴리면서 그쪽을 살피고 있었다. 그 사이 그 아이들에게로 다가간 현중이가 "야! 너네들 약한 비둘기를 괴롭히면 어떻게 하니! 어서 놓아줘!" 하고 소리를 지르더니 씩씩한 모습으로 그 한 무리의 꼬마 건달들 틈을 비집고 들어가 그 비둘기를 구출해내는 것이었다. 워낙 현중이가 당당한 태도로 맞서자 그 아이들도 겁을 먹었는지 갑자기 온순한 양으로 변신하였고, 우리는 다 함께 그 비둘기를 들고 가서 경비 아저씨께 드렸다.

그런 귀여운 추억들이 잔뜩 서린 특별한 놀이터다!

한편 통로에서 나와 오른쪽으로 약간만 걸어가면 나무로 둘러싸인 낡은 분홍색 건물의 유치원이 하나 있다. 이름은 은새 유치원이었다. 그 유치원 안으로 들어가면, 마당에 아주 자그마한 놀이터가 있었다. 그 놀이터에는 그네도 없고, 시소도 없고, 오로지 미끄럼틀만 두 개 있었다. 평소에는 그 놀이터에서 은새유치원의 원생들이 놀았겠지만, 현중이와 내가 할아버지 댁에서 노는 시기가 거의 방학 때였기 때문에, 그 유치원도 방학이어서 유치원생들은 거의 없었다. 그래서 그곳은 늘 우리 둘만 노는 그런 곳이었다.

아까 말한 그 두 개의 미끄럼틀은 유치원 마당의 끝과 끝에 놓여 있었다. 그 미끄럼틀에게 약간 특이한 점이 있다면 두 미끄럼틀이 아주 높고 길고 무서운 구름사다리로 연결되어 있었다는 점이다. 전체적으로는 핑크색인 듯했지만, 초록색, 빨간색, 노란색, 파란색 등 기타 여러 가지 색으로 알록달록하게 칠해진 그 구름사다리 사이사이로 나뭇가지가 마구 뒤엉켜 자라나, 어린아이의 눈에는 무척 신비로운 비밀의 정글 같아 보였다. 적어도 나는 그렇게 생각했다.

그 구름사다리를 건너가보지 않고 아래에서 봤을 때는 별 것 아닌 것처럼 보일지 몰라도 막상 그곳에 올라가면 높이가 상당해서 다리가 부들부들 떨릴 만큼 무시무시했다. 겉보기에 별로 안 무서워 보이기 때문에 우리는 늘 큰소리를 뻥뻥 치며 그곳에 올라갔지만, 일단 올라가고 보면 무섭기 이를 데가 없어 부들부들 떨면서 겨우겨우 내려오곤 했다. 그런 일을 한두 번 경험한 후 나는 절대 무모한 도전 따위 하지 않았다. 하지만 현중이는 남자아이라서 그랬는지 매번 겁에 질려 벌벌 떨며 겨우 내려오거나 아니면 내려오지 못해서 울고불고 하면서도, 내려와서는 다시 또 큰소리를 치며 올라가곤 했다.

하루는 현중이가 또 그곳에 올라가려 했다. 매번 어떤 일이 벌어지는지 너무나 잘 알고 있는 내가 손사래를 치며 극구 만류하였으나 내 말을 듣지 않고 올라간 현중이가 그만 구름사다리에 다리가 끼어버려 오도가도 못하게 되어버렸다. 현중이는 온 동네가 떠나가라 울고불고 대성통곡을 하며 난리도 아니었다. 나도 역시 겁에 질려 울고 있는 현중이를 잠시 내버려두고 혼자서 할아버지 댁으로 쏜살같이 달려갔다. 그리고 이번에는 할머니와 둘이서 다시 쏜살같이 은새유치원으로 달려왔다. 그때까지도 현중이는 그 구름사다리 사이에 다리가 낀 채 온 동네가 떠나가라 대성통곡을 하고 있었다. 다급해진 할머니가 구름사다리 사이로 손을 집어넣어 다리를 잡아당겨도 보고, 밀어넣어보기도 하였으나 별 도움이 되지 않는지 그럴수록 현중이는 더욱 큰 소리로 울기만 했다. 더욱 마음이 다급해진 할머니는 유치원 밖으로 달려나가셨고, 마침 자전거를 타고 그 옆을 지나가던 한 젊은이를 불러 오셨다. 그리고 그 젊은이가 구름사다리로 올라가 현중이를 빼내어 데리고 내려와주었던 기억이 있다.

할머니는 집으로 돌아오는 길에, 너네들 때문에 이 늙은 할머니가 도저히 제 명에 살 수가 없다고 엄청나게 긴 신세한탄을 하셨고, 어느새 울음을 그친 현중이와 아까부터 웃음을 참고 있었던 나는 "하하하" 하고 웃으며 즐거워했다.

은새유치원의 옆에는 작은 문방구가 하나 있었다. 그 문방구에서 할아버지가 늘 장난감이나 학용품 같은 것들을 사주셨다. 그러나 몇 년 후 건너편에 아주 커다란 쇼핑센터가 생겼고, 그곳에는 커다란 장난감 가게라든지, 커다란 서점이라든지, 커다란 팬시점 같은 것들이 많이 생겨서, 우리가 사고 싶어하는 그 당시 '머스트 해브 아이템'을 더욱 다양하게 그리고 손쉽게 구입할 수 있게 되었다. 나는 할아버지의 손을 잡고 매일같이 그 근처를 돌면서 이것도 사달라고 조르고, 저것도 사달라고 조르고, 그러다가 지치면 롯데리아나 KFC에 들어가서 팥빙수나 아이스크림과 감자튀김을 먹었다.

그 쇼핑센터의 일층에는 방방곡곡이라는 일식집이 있었다. 할머니께서 "오늘따라 저녁을 차리기 싫다!" 하시는 날이면 우리는 자주 그곳으로 갔다. 일주일에 한 번 정도는 꼭 거기서 점심이나 저녁을 먹었던 것 같다.

그리고 그 쇼핑센터의 지하에는 생선가게, 정육점, 빵집,

반찬가게, 분식집 등 여러 종류의 가게가 즐비했다. 할머니가 시장 보러 가실 때마다 나는 할머니의 손을 잡고 따라가서 빵도 사고, 과자도 사고, 또 그러다 할머니와 떡볶이랑 오뎅도 사먹고 그랬다.

　그 쇼핑센터에서 나와서 조금만 걸어가면 근처에 언덕이나 동산처럼 보이는 작은 산들도 많이 있었고, 드라이브 코스도 있어서 봄, 여름, 가을, 겨울 매 계절마다 할아버지 할머니와 함께 여기저기 곳곳을 누비고 다녔다. 그렇게 아기자기한 추억들로 가득한 참을 수 없을 정도로 귀여운 동네다.

　할머니가 돌아가시고 명일동 아파트의 집 열쇠를 다음 주인에게 전해주기 위해서 아빠와 할아버지와 내가 아주 잠깐 명일동에 들렀던 적이 있다. 아빠는 다음 주인들과 뭔가를 상의하기 위해 그 아파트 안으로 들어가셨지만 할아버지는 차마 집 안으로는 들어가지 못하시겠다 하여, 할아버지와 나 둘이서만 마지막으로 한 번 더 그곳에서 음식을 먹어보자며 방방곡곡에 가게 되었다. 할아버지와 내가 식당 안으로 들어서자 주인아주머니가 우리를 아주 반갑게 맞이하여주시며 왜 이렇게 오랜만에 왔냐고 핀잔을 주시더니 참으로 눈치도 없게, "할머니는 어디 가셨나 봐요?" 하고 물으시는 것이었다. 순간 찬물을 끼얹은 것처럼 냉랭한 정적이 흘렀다. 나는 할아버지 눈치만 살필 뿐이었다. 잠시 후 할아버지는 씁쓸한 미소를 지으시며 "예…… 집사람은 어디 여행을 갔지요…… 아주 멀리로 여행을 갔지요…… 아주 멀리 갔지요……." 이 말씀만 계속해서 되풀이하셨다. 그때부터 나는 어딘지 목이 꽉 막힌 느낌이 들며 음식이 잘 넘어가지 않을 뿐만 아니라, 눈에서는 의도하지 않은 눈물이 줄줄 흘렀다. 그 뒤 할아버지와 나는 다시는 명일동에 가지 않았다.

그 후 몇 년이 지나고 할아버지까지 돌아가시자 갑자기 명일동이 원래 존재했던 동네인지 의문이 들기 시작했다. 전설 속의 아틀란티스 제국처럼 말이다. 어느 날부터 '만약 지금 다시 가도 명일동이라는 동네가 그 자리에 있을까?' 하는 바보 같은 궁금증이 자꾸 머릿속을 맴돌아 한번 가보지 않고는 배겨내지 못할 정도가 되어버렸다. 명일동이 아직도 잘 지내고 있는지 안부도 궁금하고, 또 얼마나 변했는지 그것도 궁금했다. 그리고 무엇보다 가장 중요했던 것은 할아버지 할머니가 너무도 그립다는 사실이었다. 그래서 나는 아무에게도 알리지 않고 혼자 살짝 다녀오기로 마음먹었다.

다시 찾은 그곳은 놀랍게도 너무나 변한 것이 없었다. 내 기억 속의 그 모습 꼭 그대로였다. 너무나 이상했다. 이제 이 세상에 할아버지, 할머니는 어느 곳에도 없는데, 여기는 어쩌면 이렇게도 변함없이 그대로일 수가 있는지…… 너무 무심하게 느껴져 서운한 마음도 들었다.

할아버지, 할머니가 매일같이 산책하시던 그 길도, 내가 할머니의 손을 잡고 은행에 다녀오던 길도, 반찬을 사서 돌아오던 길도 모든 것이 그대로였다. 물론 사람들 역시, 예전에는 이곳에서 살았지만 지금은 죽어서 이 세상에서 사라진 사람들이 있는지 어떤지에 대해서는 까맣게 모른 채로 아주 활기차게 자기 할 일만 계속 하고 있을 뿐이었다. 은새유치원 옆을 지나갈 때 옛날에 현중이가 구름사다리에 다리가 끼어서 내려오지 못하고 엉엉 울었던 것이 생각나서 웃음이 나기도 했다. 그러다 할머니가 산책하시던 길을 보니, 예전에 할머니가 나에게 함께 산책 가자고 하셨을 때 티브이 봐야 한다며 싫다고 거절했던 일이 떠올라 눈물이 나기도 했다.

마지막으로 나는 늘 가던 쇼핑센터에도 가봤다. 방방곡곡에 갔더니 그 자리에는 새로운 빵집이 들어서 있었다. 차라리 잘됐다고 생각했다. 내가 너무 자라서 그 주인아주머니가 어차피 나를 알아보지 못하시겠지만, 설사 알아보셨다고 해도 예전처럼 또 할아버지 할머니는 왜 같이 안 왔냐고 물어보시면 나는 뭐라고 대답해야 할지 모르기 때문이다.

지하에도 한번 내려가보았다. 빵집⋯⋯ 은행⋯⋯ 다들 그대로 있었다. 조금씩 바뀐 것도 있었겠지만 내가 보기에 크게 달라진 점은 없어 보였다. 아침부터 아무것도 먹은 게 없어서 배가 너무 고팠다. 그때까지 나는 어딘가에서 혼자 밥을 사먹어본 적이 단 한 번도 없었다. 식당에서 혼자 음식을 사먹을 바에는 차라리 굶어죽는 편이 낫다고 생각하는 나였다(물론 지금도 그렇지만). 그런데 그날 처음이자 마지막으로 혼자서 밥을 사먹어보았다. '할아버지, 할머니를 추억하러 왔는데 혼자서 밥 먹는 게 대수야!' 이렇게 생각하면서 말이다. 그곳은 예전에 할머니랑 시장 보고 나서 배가 고프면 가끔 가던 식당이었다. 거기서 나는 늘 칼국수를 먹었고, 할머니는 늘 콩나물 해장국을 드셨다.

식당 안으로 들어가기 전, 주인아저씨를 슬쩍 보니 주인이 그대로였던 것이다! 그 오랜 세월 동안 바뀌지도 않고 그대로! 오~! 내 마음은 뛸 듯이 반가웠지만, 그래도 지금 사정이 사정이니만큼 그 아저씨가 혹시라도 날 알아보실까봐 무척이나 조마조마했다. 그래서 나는 모자를 쓰고 오지 않았다는 사실을 굉장히 후회하며 식당 안으로 들어갈지 말지에 대해서 한참을 고민했다. 용기를 내어 두근거리는 마음을 진정시키며 최대한 태연한 포즈를 취하고 식당 안으로 들어갔는데, 다행스럽게도 날 전혀! 저~언혀! 알아보지 못하는 것이었다. 그런데 막상 나를 전혀 알아보지 못하는 그 아저씨를 보니까 웬일인지 새삼 서운한 마음이 드는 것이었다. 내 머릿속에서 만감이 교차하고 있는 중에 칼국수가 나와서 입으로 후후 불면서 한 가닥씩 먹는데 예전에 먹었던 그 맛이랑 똑같아서, 또 갑자기 눈물이 왈칵 하고 쏟아졌다. 아니, 어쩌면 예전에 먹었던 그 맛보다 조금 더 맛있는 것 같기도 했다. 나는 우는 모습을 아무에게도 들키지 않으려고 고개를 숙이고 최대한 몸짓을 작게 하려고 노력하며 조심조심 눈물을 닦으면서 다시 칼국수를 한 가닥 한 가닥 먹었다. 그런데 막상 젊은 아가씨가 혼자 칼국수를 먹으면서 울고 있는데 아무도 알아주지 않고 각자 자기 할 일만 열심히 하고 있는 모습을 보니 이 삭막한 세상이 피부에 와 닿아 슬슬 기분이 나빠지려고 했다. 그래서 나는 칼국수를 먹는 둥 마는 둥 하고 얼른 그곳에서 빠져나오며 다시는 혼자서 식당에 가지 않겠다고 결심을 해보는 것이었다.

명일동에 다녀오니, (게다가 칼국수도 먹고) 내 나름대로 할아버지 할머니와 작별인사를 제대로 한 것 같은 생각이 들어서 한결 마음이 편안해졌다. 음…… 뭐랄까…… 추억을 정리한 기분이랄까.

집으로 돌아오는 버스에서 생각했다. 기억이 잊혀지는 것은 정말 슬픈 일이라고…… 더불어 내 존재가 누군가의 기억에서 잊혀지는 것 또한…….

　　그래서 나는 결심했다. 할아버지 할머니만큼은, 아무리 오랜 시간이 지나도 내 기억 속에서 절대로 잊혀지는 사람이 되도록 하지 않겠다고.

할아버지와 카네이션

그날따라 내 걸음이 닿는 길목 길목마다 새빨간 카네이션을 유난히도 많이 팔고 있었다. 지금에 와서 돌이켜 생각해보면, 그때 내가 대체 뭐 때문에 그토록 안간힘을 써가며 그렇게도 눈에 밟히던 카네이션들을 열렬히 외면했는지 그저 웃음이 나온다.

어버이날 유별나게 카네이션을 의식하고 있으면서도 꽃집 앞, 차마 떨어지지 않는 발걸음을 힘겹게 떼어내며 빈손으로 덜렁덜렁 할아버지 댁에 갔던 사건의 발단은 이러하다.

그 전해 어버이날이었다. 나는 들뜬 마음으로 카네이션과 안개꽃을 섞어 만든 크고 예쁜 꽃다발을 들고 할아버지 댁으로 갔다. 그런데 기뻐하실 줄 알았던 할아버지가 의외로 덤덤하게 "뭘 이런 걸 다 사왔니" 하시는 것이었다. 할아버지는 약간 겸연쩍은 표정으로 탁자를 가리키셨다. 거기에는 이미 크고 예쁜

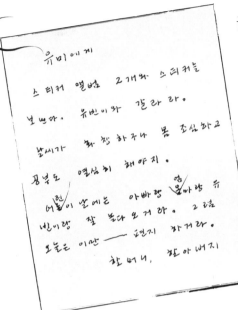

꽃다발이 여러 개나 있
었다.

"아니 누가 가지고
온 거지?" 하고 내가
놀라자, 재홍이오빠,
보라언니 그리고 제
자들이 가져왔다고
했다. 그 자리에는
이미 먼저 와 계시
던 아빠도 있었는

데, 당황한 아빠가 "그건 그것대로 각자 의
미가 있고 유미가 가져온 것은 또 유미가 드리는 거니까 또다른
의미가 있고 뭐 그런 거지" 하고 말씀하셨다. 그렇지만 할아버
지는 상당히 어정쩡한 포즈를 취하시며 "뭐…… 그래도 이미
여러 개나 받았는데…… 욱아(아빠 성함) 이건 그냥 니가 가져
라. 보니까 너는 하나도 못 받은 거 같은데……" 하시며 그 꽃
다발을 아빠에게 주시는 것이었다. 왠지 평소의 우리 할아버지
가 아닌 것 같고 몹시 기분이 상해서 씩씩거리는데, 아무래도
아빠는 나보다 더 마음이 상하신 듯 보였다. 아빠는 할아버지
들리게 "니 어버이는 난데 왜 할아버지만 드리냐! 이건 그냥 아

빠가 가질게" 하고 아빠도 몹시 분개했다. 아무튼 나는 이루 말할 수 없는 서운함과 배신감이 합쳐진 묘한 기분에 사로잡혔고 하루 종일 기분이 안 좋았다.

　그날의 일이 어찌나 내 가슴에 콕 하고 박혔던지 다음 해 어버이날 나는 카네이션을 안 사기로 결심했던 것이다. 그렇지만 그런 결심을 하기가 무섭게 어쩜 그렇게 예쁜 카네이션들이 많이 눈에 띄던지……. 나의 발걸음은 한없이 무겁기만 했다. 하지만 나의 결심은 그 어느 때보다 확고했다. 그래서 나는 단호히 제발 자기를 좀 사달라고 아우성치는 듯한 예쁜 꽃들을 차갑게 외면했다. '이게 다 누구 때문인데! 이게 다 할아버지 때문이잖아! 저번에 분명 좋아하지도 않았어……' 하고 수없이 되뇌이면서 결심이 흔들릴 때마다 스스로를 다독이며 마음을 굳게 먹어보는 것이었다.

　그러나 벨을 누르고 할아버지가 나오시는 그 몇 초 간 나는 열두 번도 더 갈등했다.

　'지금이라도 빨리 뛰어가서 아무 거나 사올까?'

　'아니야…… 이게 다 누구 때문인데? 어차피 저번처럼 반기지도 않겠지…….'

　'그런데 만약 자식들이나 제자들이 모두 바빠서 아무도 카네이션을 사오지 않았다면? 그럼 할아버지가 한 송이도 못 받는 거 아냐? 안 되겠어! 그냥 빨리 가서 아무 거나 카네이션 비스무레한 것이라도 하나 사오자!'

'아니 그래도 설마…… 재홍이오빠도 있고 보라언니도 있고 큰고모도 계시고…… 아무튼 누구 한 명이라도 벌써 드렸겠지…… 괜찮아, 괜찮을 거야…….'

실로 여러 가지 상념들이 내 마음을 흔들어놓았다.

그 사이 문이 열리고 할아버지는 정답게 나를 반겨주셨다. 어서 들어오라며, 오는 길이 힘들지는 않았는지, 배가 고프지는 않는지, 먹고 싶은 것은 없는지, 어디 아픈 데는 없는지…… 계속해서 이것저것 물어보시는 할아버지의 음성에서, 그리고 눈빛에서 나에 대한 한없는 사랑과 염려가 역력히 보였다. 나는 차마 할아버지를 바라보기가 무서웠다. 내가 얼마나 유치하고 생각이 짧았는지 후회에 후회를 계속했다.

'그냥 사올 걸 그랬어…… 그냥 사올 걸…… 나는 정말 바보 멍청이야…….'

나는 가시방석에 앉은 듯한 실로 어정쩡한 포즈로 거실 소파에 앉아 있었다. 할아버지는 그런 나를 의아한 눈빛으로 바라보시며, 정말! 정말 믿고 싶지는 않지만, 어딘가 모르게 무엇인가를 기대하는 듯한 표정으로 내 주변을 기웃거리며 두리번거리시는 것이었다! 아악! 정말 정말 큰일이 아닐 수 없었다!
게다가 탁자에는 카네이션이 단 한 송이도! 단 한 송이도 없는
것이 아닌가! 정말 충격적이고 나로서는 파멸이었다!

　'화장실에 가는 척하면서 빨리 후다닥 뛰어가서 하나 사올
까.'

　'너무 바빠서 깜빡했다고 말할까…… 아니면 사긴 샀는데
지하철에서 자다가 실수로 놓고 내렸다고, 어떻게 하냐면서 호
들갑을 떨어볼까…….'

　차라리 카네이션 안 사왔냐고, 할아버지는 정말 서운하다
고, 그렇게 한마디라도 해주시지 왜 아무 말도 안 하시는지 할
아버지가 미워지려고 했다. 그렇지만 할아버지는 끝까지 아무
말씀도 하지 않는 것이었다.

　사실 처음에는 기웃거리시며 내 가방 쪽을 흘끔흘끔 보시
는 듯한 눈치였는데, 시간이 지나고 내가 아무것도 드리지 않자
그냥 예전처럼 아무 일도 없었던 것처럼 편한 상태가 되었다.
물론 내 마음은 더욱 불편해져 갔지만……. 도우미 아주머니께
서 차려주시는 저녁을 맛있게 먹고 우리는 차와 과일을 먹으며
티브이를 보았다. 티브이에서는 그날따라 왜 또 저렇게 카네이
션만 보여주는지…… 카네이션이란 카네이션은 죄다 보여주
겠다는 각오라도 단단히 한 듯했다. 그렇지 않고서야 저럴 수는

없었다. 나는 갑자기 머리 끝까지 화가 치밀어 올랐다.

'아니 부모가 없는 자식들이나 자식이 없는 부모들이나…… 아니면 멀리 떨어져 있거나 혹은 너무도 가난해서…… 아무튼 그런 수없이 많은 이유로 오늘 같은 날 카네이션을 주거나 받을 수 없는 사람들도 엄청나게 많을 텐데…… 저게 지금 제정신이야? 응? 저렇게 눈치가 없어도 되는 거냐고!!!!' 하며 눈치도 없이 뻔뻔스러운 티브이를 망치로 마구 때려서 부숴 버리고 싶은 심정이었다.

그리고 그해 겨울 갑자기 할아버지가 쓰러지셨고 홀연히 세상을 떠나버리셨다.

그러니까 철없던 내가, 할아버지 가슴에 카네이션을 달아 드릴 수 있었던 마지막 기회를 그렇게 어이없이 놓쳐버렸던 것이다. 그리고 그 일은 두고두고 내 마음을 아프게 했고, 잊혀질 만하면 찾아와서 나를 후회하게 만들었다.

뭐 그 정도 일이라면 할아버지는 예전에 다 잊으셨겠지만, 그리고 이제는 생각조차 하지 않으시겠지만 나는 도저히 잊을 수가 없는 것이다.

할아버지 미안해…….

시와 법

어렸을 때 나는 할아버지가 시를 한 편씩 쓰실 때마다 일정한 액수의 돈을 버는 것이라고 생각했다. 시 한 편에 돈 얼마 이런 식으로 마치 물건을 팔듯이 말이다. 어린아이니까 할 수 있는 유치하지만 귀여운 생각이었다.

할아버지는 늘 거실에 있는 할아버지의 안락의자에 아침부터 밤까지 앉아 계셨다. 그 안락의자에 앉아서 신문을 보시고, 독서를 하시고, 차와 과일을 드시며 티브이를 보셨다. 그러다 갑자기 시상이 떠오른 듯 홀연히 서재로 들어가서 한참 동안 뭔가를 쓰시다가 다시 거실로 나와 또 그 안락의자에 앉아서 티브이를 보시고, 책을 읽으시고, 과일을 드시며 할머니와 대화를 나누시곤 했다.

성격이 차분하지 못하고 워낙에 조바심이 심해서 작은 일에도 민감하게 반응하며 애타 하는 나는, 할아버지의 깔끔하게 정돈된 한결같은 삶, 모든 면에 있어서 진지하고 열정적이지만 겉으로 드러난 모습은 간결하고 냉정해 보이는 그런 점들이 멋있게만 보이고 무조건 따라 하고 싶었다.

그러나 그것은 다 자란 후의 생각이고, 사실 어린 시절의 나는 할아버지의 그런 모습들이 참으로 태평스럽게 보이고 할아버지의 그런 시간들이 참으로 아깝게만 느껴지는 것이었다.

'왜 할아버지는 하루 종일 시를 쓰지 않는 걸까? 만약 할아버지가 하루 종일 시를 쓴다면 돈을 아주 많이 벌 텐데 말이야…… 만약 내가 시인이라면 나는 하루 종일 시만 쓰고 있을 거야!'

나는 늘 이런 생각을 했고, 할아버지께 여러 번 나의 이런 생각을 심각하게 말씀드리기도 했다.

"할아버지! 돈 많이 벌게 제발 시 좀 써!"

그럴 때마다 할아버지는 "허허허" 하고 웃으시며 그런 게 아니라고 말씀하셨다. 시는 아무 때나 그리 쉽게 써지는 것이 아니고, 하루 종일 쓸 수 있는 것도 아니며, 시 한 편을 완성하는 데는 아주 오랜 시간이 걸리고, 또 여러 번의 수정 작업을 거쳐야 한다고 말씀하셨다.

"그럼 시를 쓰면 돈을 버는 게 아니야?" 하고 여쭈어보면, 할아버지께서는 또다시 큰 소리로 "허허허" 하고 웃으시며, 물

어렸을 때 장난감 카메라를 들고
경주에 놀러 가는 길

론 시를 쓰고 시집을 내서 돈을 벌기도 하지만 단지 돈을 벌기
위해서 시를 쓰는 것이 아니며, 만약 돈을 벌기 위한 욕심으로
시를 쓴다면 그리 좋은 시가 나오지 않을 것 같다고 말씀하셨
다. 어린 나는 도무지 그 말의 뜻을 이해하지 못했다.

　어쨌든, 할아버지의 그런 대답은 나를 더 애타게 만들 뿐이
었다. 더욱 답답해진 나는 할머니에게로 달려가 "할머니! 할아
버지는 왜 하루 종일 시를 쓰고 있지 않을까? 하루 종일 시를 쓴
다면 돈을 많이 벌 텐데…… 할머니가 좀 말해봐" 하고 외치며
할머니의 긴 치맛자락을 부여잡고 애원하곤 했다. 그럴 때면 할
머니는 무조건 내 편을 들어 맞장구를 치시며 "니 할아버지가
게을러서 그렇다! 돈 욕심도 없고 게으르니까! 그러다 보니 맨

날 나만 힘들지…… 어휴…… 니 할아버지가 우리 유미만 같으면 얼마나 좋을꼬~." 이렇게 말씀하시는 것이었다. 그러면 나는 의기양양해져서 더욱 할아버지를 들들 볶아댔다. "할아버지 빨리 시 써서 부자 돼야지."

내가 하는 행동이라면 무조건 귀엽게만 보셨던 할아버지는 이런 나의 행동을 버릇없는 아이의 철딱서니 없는 태도라 여기시어 꾸중하시는 대신에, 어린 나이에 경제관념이 뚜렷하며, 할아버지 할머니를 부자로 만들어주고 싶은 심성이 고운 착한 아이라고 칭찬해주시곤 했다. 그래서 나는 내가 버릇이 없는 줄도 모르고, 오히려 올바른 생각만 하는 착한 어린이라는 자부심을 가지고 더욱더 마음껏 내 주장을 펼치곤 했다.

때로는 이런 생각도 했다. '할아버지가 시를 쓰지 않는다면, 내가 할아버지 대신 시를 좀 쓴 다음에 할아버지가 쓴 척하면 어떨까?' 나는 이런 나의 발상을 너무나도 참신한 '굿 아이디어!'라고 여긴 나머지 의기양양해져서, '내가 왜 진작 이런 생각을 하지 못했을까' 하고 자책하는 한편, 할아버지 할머니께 잘난 척을 하며 말씀드렸던 적도 있었다. 워낙 나의 잘난 척과 공주병을 잘난 척과 공주병이라 여기지 않고, 오히려 기특하고 영리하다고 받아들이시며 좋아하셨던 할아버지 할머니 덕분에, 나는 나의 글솜씨가 할아버지의 글솜씨에 버금가는 수준이라고 착각하고 있었던 것이다. 그럴 때마다 할아버지 할머니는 너무너무 좋은 생각이라며, 어디 한번 써보라고, 그래서 우리가 손녀 덕 좀 보고 살아야 하지 않겠냐고 말씀하시며 껄껄 웃으시곤 했다.

　내가 조그만 걸 하나라도 쓰면 박수를 치시며 잘 썼다고 칭찬해주시던 할아버지 때문에 나는 시 쓰는 것이 아주 쉽고 간단한 일이라고 생각했다. 그러나 절대 그렇지 않다는 것을 초등학교에 입학하고부터 자연스레 알게 되었다. 학교란, 가정과는 달라서 아무도 내가 한 행동을 무턱대고 예뻐해주지 않으니까 말이다. 덕분에 저절로 주제파악을 해버린 나는 그 후로 더 이상 할아버지께 무례하게 굴지 않게 되었다.

　지금도 그때 그 발상을 생각하면 웃음이 나온다. 내가 그렇게 버릇없이 굴고 말도 안 되는 소리를 해도 단 한 번도 나무란 적 없었던 할아버지였기에 내가 더 편하게 이런 얘기 저런 얘기를 할 수 있었고 덕분에 할아버지 할머니와의 추억도 더 많아진 것이 아닐까 하는 생각이 든다.

할아버지 빈소에서 만난 문인들

할아버지의 장례식에는 정말 많은 문인들이 오셨다. 그러나 불행히도 그 중에서 내가 기억하는 문인은 얼마 되지 않는다. 그도 그럴 것이 일단 첫째로는 내 마음이 무척 슬픈 상태였다는 점이다. 그러나 두 번째는…… 부끄러운 이야기지만, 국문과 학생임에도 불구하고 문인들의 얼굴과 성함을 매치시키지 못한다는 점이다. 그래서 참으로 쑥스럽게도, 나는 어떤 문인들께서 오셨는지 전혀 모르고 있다가 나중에 방명록(?)을 보고 나서 그제서야 화들짝 놀라며 "어머! 이분이 오셨었단 말이야? 왜 난 몰랐지?" 하고 외치곤 했던 것이다.

솔직히 말해서 문인들이 연예인도 아니고, 어찌 일일이 그 얼굴을 다 알 수 있겠는가! 가령 김춘수 시인만 해도 그렇다. '김춘수 시인이 누구인가!' 하면, '꽃의 시인이다…… 유명한 시인이다……' 이 정도는 모두들 알고 있지만 얼굴까지 알고 있는 사람을 나는 본 적이 없다. 고등학교 문학 시간에 할아버지 시를 배울 때, 친구들은 책에 나온 자그마한 사진을 보고 다들 깜짝 놀라며 "와~ 너네 할아버지 너하고 진짜 하나도 안 닮았다!" 하고 말했었다. 다들 김춘수 시인은 알고 있었지만, 김춘수 시인의 얼굴은 그때 처음 본 것이다. 그리고 그 자그마한 사진을 보았다 한들, 막상 길에서 실제로 김춘수 시인을 만나면 누가 김춘수 시인의 얼굴을 알아보겠는가! 아무도 못 알아본다. 난 할아버지와 함께 엄청나게 많은 곳을 거침없이 활보했었지만, 막상 할아버지 얼굴을 알아보고 사인을 받으러 오는 사람을 본 적은 손에 꼽는다.

아무튼 그러한 이유로 할아버지 장례식에 온 문인들을 나는 전혀 알아보지 못했다. 그렇지만 문학에 관심이 많았던 작은어머니는 얼굴만으로도 꽤 많은 문인을 알아보시고는 엄마에게, "어머~ 형님! 저 사람 XXX 쓴 그 사람 아니에요?" 하고 말씀하시는 것이었다. 그때마다 엄마는 "와~ 동서 대단하네~ 어쩜 얼굴만 보고 다 알아맞히지?" 하고 감탄하셨고, 그럼 작은어머니는 손으로 입을 가리고는 웃지 않으려고 노력하며 "어머 형님~ 제가 좀 알아요" 하시는 것이었다. 그래서 그나마 작은어머니의 번뜩이는 눈썰미로 몇몇 문인분들과 대화를 할 수 있는 기회가 생기곤 했다.

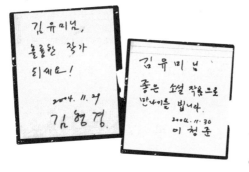

그 대표적인 예가 바로 김형경 작가님과의 짧은 대화다. 그 당시 내가 정말 많이 존경하고 있던 작가님이다. 물론 지금까지도! 다만 얼굴을 미처 몰라 봬서 그렇지……『성에』,『외출』,『새들은 제 이름을 부르며 운다』등등……. 참, 그리고 얼마 전에『사람풍경』이라는 책을 사서 지금 한창 읽고 있는 중이다. '어쩜 저렇게 멋진 글을 쓸 수 있을까……' 하고 생각하며 우러러보았던 작가님인데, 실제로 만나서 같은 테이블에 앉아 음료수도 마시고, 대화도 나누고 하자 내가 얼마나 영광스러웠을지 아무도 모를 거다. 그 당시 내가 나름대로 준비한, 박장대소 없이는 차마 볼 수 없는 매우 유치한 소설이 한 편 있었다. 그것은 소설이라고 말하기에도 우스운 그런 것으로서, 어느 여고생의 일기 정도로 표현하면 딱 알맞을 그런 것이었다. 오랜 망설임 끝에 겨우 용기를 내어 그 소설에 대해 말씀드렸다. 그러자 김형경 작가님께서는 너무나 다정하시게도 메일 주소까지 알려주시면서 한번 보내보라고 하셨다. 할아버지 장례식을 마치고 집으로 돌아와 컴퓨터에 저장되어 있던 그 소설을 열두 번도 더

48

읽어보며, 보낼지 말지 엄청난 심적 갈등을 겪었다. 그리고 결국 보내지 못했다. 지금에 와서 백번을 다시 생각해보아도 그때 나의 행동은 참으로 잘한 행동인 것 같다. 만약 그때 김형경 작가님께 그 소설을 보냈더라면, 나는 아직까지도 부끄러워하고 있겠지……. 다음에 나 스스로도 만족할 만한 수준의 작품을 쓰고 난 뒤 꼭 한번 김형경 작가님께 보내고 싶다.

그리고 내가 혼자 힘으로 얼굴을 알아본 이청준 작가님! 오…… 정말정말 영광이었다! 우리 과 교수님 중 한 분께서 그분을 너무 존경하셔서 수업 시간에 수도 없이 언급하시는 바람에 세뇌당해서 그랬는지는 몰라도, 나는 왠지 그분이 우리와 같이 밥을 먹고, 말을 하고, 숨을 쉬는 보통 사람으로는 도무지 보이지가 않는 것이었다. 그러나 다정하게 사인도 해주시고, 할아버지가 돌아가셔서 참으로 가슴이 아프겠다는 진심 어린 위로도 해주셔서, 그것이 그렇게도 신기할 수가 없었다.

그러고 나서 정말 많은 문인들이 오셨는데, 거의 단체로 오셔서 뭔가 심오한 주제로 대화를 나누시는 것 같아 감히 그 자리에 가지 못했다. 그러나 멀리서 보는 것만으로도 왠지 모를 카리스마가 느껴졌다고나 할까…… 나도 글을 쓰는 사람이 되고 싶다고 다시 한 번 생각하게 되는 그런 시간이었다.

류기봉 선생님과의 추억

내가 처음 류기봉 선생님을 만났던 날이 언제인지는 정확히 생각나지 않지만, 그날의 광경은 아직도 생생하게 기억하고 있다.

초등학교 때였다. 할아버지 댁에서 놀고 있는데 할아버지의 제자라는 어떤 젊은 남자가 찾아왔다. 그분이 바로 류기봉 선생님이었다. 그때 류기봉 선생님은 손수 만드신 도토리 묵을 가지고 오셨다. 할머니는 그 묵을 받아서 부엌으로 들어가셨다. 나도 할머니를 따라 부엌으로 들어갔다. 할머니는 금세 갖은 양념으로 소스를 만드셨고, 도토리묵 위에다 잘게 썬 김과 함께 그 소스를 뿌리셨다. 그래서 할아버지랑 류기봉 선생님께 한 접시 가져다 드리고 나머지는 할머니랑 내가 안방으로 가져가서 라디오를 들으며 맛있게 먹었던 기억이 난다. 그때가 첫 만남이었다.

두 번째 만남은 조금 더 특별했다. 할아버지, 할머니, 류기

50

봉 선생님과 내가 할아버지가 사시던 명일동 근처를 돌면서 진
달래꽃을 한아름 땄다. 그러고는 집으로 돌아와서 진달래꽃 전
을 해먹었다. 나는 어렸고 그런 일들이 한없이 즐겁기만 했다.

그 다음부터 류기봉 선생님을 자주 뵙게 되었다(사실 그때는
류기봉 아저씨라고 불렀다). 류기봉 선생님은 할아버지 할머니와
함께 우리 집에도 여러 번 놀러 오셨다. 그때마다 엄마가 아주
맛있는 음식들로만 한가득 진수성찬을 차리셨는데, 엄마는 류
기봉 선생님이 보기보다 음식을 아주 많이 드신다고 말씀하셨
다. 그럼 할아버지는 큰 소리로 웃으시며 저 사람이 보기에는
말라 보여도 먹는 양은 엄청나다며 아주 즐거워하셨던 생각도
난다.

내가 중학교에 막 입학했을 무렵, 춘천에서 할아버지가 연
설을 하실 일이 있었다. 그래서 2박 3일간 춘천에 가시게 되었
다. 거기에 나도 따라가게 되어 중학교에 들어가고 나서 모처럼
할아버지 할머니와 첫 나들이를 하게 되었다. 그때 류기봉 선생
님도 함께 갔다.

첫날은 야외에서 막국수를 먹었다. 근처에는 시냇물이 흘
렀고 여름이지만 바람이 솔솔 불어서 무척 시원했다. 차를 타고
왔기 때문에 첫날은 다들 몹시 피곤하여 일찍 잠자리에 들었다.

다음 날은 여류시인 두 분과 또 어떤 남자분이 합세했다.

그 남자분은 기억은 잘 안 나지만, 춘천문인협회인가(?)에서 왕성한 활동을 하고 계시는 분이라고 했다. 우리는 다 같이 드라이브를 하며 춘천을 구경했고, 낮에는 계곡으로 놀러 가기도 했다. 그때 류기봉 선생님은 악어 그림이 그려진 티셔츠를 입고 계셨는데 악어의 눈에 솜뭉치 같은 것이 붙어 입체적으로 톡 튀어나와 있어서 속으로 웃었던 기억이 난다. 내가 살짝 할아버지께 "류기봉 아저씨 옷 좀 웃기다 그치?" 하고 말씀드렸더니, 할아버지도 무척 좋아하시며 저 사람이 동심이 풍부하고 마음이 순수해서 그런지 저런 귀여운 옷도 잘 어울린다고 말씀하셨다. 그날 계곡에서 물고기를 잡으면서 놀았고, 여류시인 두 분께서 동네 주민에게 주방용품을 빌려다가 그걸로 할아버지께 음식도 해드렸다. 그런데 다들 모여서 그 음식을 먹고 있던 중에 갑자기 비가 왔기 때문에 모두들 창고 같은 곳으로 달려가서 나머지 음식을 먹었는데 즐겁고 재미있었다. 밤에는 다른 문인들과 만나 춘천의 명물인 닭갈비도 먹고, 그중 한 분의 집에 가서 차와 과일을 먹으며 즐거운 시간을 보냈던 것도 생각난다. 그때 그 문인의 집에는 거실에 그분의 딸이 치는 피아노가 있었다. 그런데 할아버지께서 자꾸만 나에게 모두의 앞에서 피아노를 쳐보라 하여 난감했던 기억도 있다. 물론 잘난 척을 하며 피아노를 치고 싶은 마음도 없었던 것은 아니었으나 불행히도 악

1998년 제1회 류기봉 시인 포도밭 시 그림전에
참여하신 할아버지와 할머니

보가 없었기 때문에 칠 수가 없었다. 그런 내 마음도 모르고 할
아버지가 자꾸 피아노를 쳐보라고 하시는 바람에 살짝 마음이
상했던 기억도 있다. 게다가 그 피아노 위에는 귀여운 인형들이
있었는데, 할아버지가 자꾸 나한테 귓속말로 "저거 달라고 할
까?" 하고 물어보시는 바람에 정말 창피했었다. 할아버지는 절
대 그런 분이 아니었는데 그때는 왜 그랬는지 모르겠다.

할머니가 돌아가셨을 때도 류기봉 선생님은 늘 함께였다.
할머니가 돌아가신 후부터, 할아버지 댁에서 류기봉 선생님을 뵙는 횟수는 점점 더 많아졌다. 류기봉 선생님은 적적하신 할아버지의 좋은 말동무가 되어드렸고, 그런 류기봉 선생님을 할아버지는 참 많이 아끼셨다. 나는 그 모습을 보면서 선생과 제자로 만나 저렇게 오랜 시간 동안 진한 우정을 쌓는다는 것이 너무나 멋진 일이라는 생각을 했다.

언제부턴가 할아버지가 집에 계실 때는 늘 빨간색의 예쁜 스웨터를 입고 계시는 것이었다. 알고 보니 류기봉 선생님의 사모님께서 할아버지를 위해 손수 뜨신 스웨터라고 했다. 할아버지는 굉장히 만족스러운 표정으로 그 옷을 입고 계셨다. 나는 의외의 모습에 깜짝 놀랐다. 할아버지는 멋쟁이에다가 무척 까다로우시기 때문에 아무리 친한 사람이 만들어준 옷이라 할지라도 마음에 들지 않는 옷이라면 절대로! 절대로 입지 않으실 분이라는 걸 가족들은 다 알기 때문이다.

할아버지가 쓰러지셨다는 연락을 받고 달려갔을 때, 식구들 사이로 붉게 충혈된 눈을 한 류기봉 선생님이 보였다. 그리고 그 후 할아버지가 돌아가실 때까지, 내가 병원에 갈 때마다 한쪽 구석에는 늘 류기봉 선생님이 계셨다. 때때로 나는 류기봉 선생님이 구석에서 조용히 눈물을 훔치시는 모습도 보았는데, 그런 류기봉 선생님을 뵐 때면 내 마음 한구석이 더욱 저려왔고, 한편으로는 늘 한결같은 모습에 큰 감동을 받았다.

　　할아버지 장례를 치르는 동안에도 당연히 류기봉 선생님은 늘 함께였다. 언제나 구석에서 붉게 충혈된 눈으로 한결같은 모습으로 서 계셨다. 나는 류기봉 선생님의 심정을 백퍼센트 느낄 수 있었다. 눈앞에서 자신의 영웅이 사라져가는 모습을 보는 것이 얼마나 가슴 아픈 일인 줄 나 역시 충분히 잘 알기 때문에……

　　'다른 사람으로 하여금 나를 사랑하게 만들 수는 없으며, 만약 내가 할 수 있는 일이 있다면 단지 사랑받을 만한 사람이 되는 것 뿐이다' 라는 구절을 어디선가 읽은 적이 있다. 할아버지가 누군가에게 결코 쉽게 마음을 여는 분이 아닌데, 류기봉 선생님을 보면서 많은 것을 배웠다. 진심이란 어디에서나 그리고 누구에게나 통하는 것이라는 걸 말이다. 더불어 모든 일에 있어서 계산적이지 않고 타인에게는 물론 자기 자신에게도 언제나 정직한 사람만이 결국 우리 모두에게 믿음과 신뢰를 준다는 것 또한 말이다.

몽블랑 만년필

할아버지와 나는 생일이 같다.

둘 다 11월 25일에 태어났다.

할아버지와 생일이 같아서 좋은 점도 있었고 별로 좋지 않은 점도 있었다.

우선 좋았던 때를 말하라면, 태어나서 첫번째로 맞는 생일인 돌잔치 때를 꼽을 수 있다. 너무 어렸으니까 당연히 그때 일을 기억하지는 못하지만 나중에 이야기를 들어보니 참 좋았을 것 같다는 생각이 든다. 많은 사람들이 그날이 할아버지 생신인 줄 알고 꽃바구니며 과일 바구니며 기타 여러 가지 선물을 많이 보내왔다고 한다. 하지만 할아버지는 내 돌잔치를 해주기 위해서 이미 음력으로 생신을 보내신 뒤였다. 11월 25일에 보내온 갖가지 선물들을 보며 할아버지는 "마치 유미의 돌을 축하해주려고 사람들이 이렇게 선물을 보낸 것 같다"며 "유미는 복이 참

56

돌잔치 때 돌반지를
끼워주시는 할아버지

고모, 나, 할아버지

많은 아이"라고 기뻐하셨다고 한다.

하지만 별로 좋지 않았던 적도 많은데, 초등학교 때는 할아버지 생신이라서 내 생일 파티는 못했던 적이 많다. 친구들을 초대하고 싶어도 그 전날이나 그 다음 날로 미뤄야 했기 때문에 내 생일날에 생일 파티를 열어본 적이 거의 없었다.

그렇지만 이런저런 일을 다 제쳐두고라도, 할아버지와 내가 생일이 같다는 사실은 나에게는 커다란 기쁨이었고 왠지 모를 자부심이었다. 그뿐 아니라 유난히도 유별나게 나를 예뻐하셨던 할아버지의 사소한 즐거움이기도 했다.

할아버지에겐 선물받은 무척 좋은 몽블랑 만년필이 있었다. 그것은 항상 할아버지 서재의 책상 가운데 서랍 안에 들어 있었다. 할아버지는 그 만년필로 시도 쓰시고, 글도 쓰시고 하셨는데 그때마다 나는 그 모습이 그렇게 멋져 보일 수가 없었다. 그래서 나도 할아버지 책상에 앉아서 할아버지 흉내를 내며 그 만년필로 그림도 그리고, 글도 쓰고 하면서 놀았다.

초등학교 6학년 때였던 것 같다. 할아버지 생신 파티를 하기 위해 친척들이 모였다. 나는 내 생일 파티를 못해서 많이 서운했다. 다 같이 저녁 식사를 하고 돌아와서 한참 놀고 있는데 할아버지께서 나를 서재로 부르셨다. 그러고는 책상 가운데 서

할아버지, 할머니, 나, 사촌들

랍을 여시더니 몽블랑 만년필을 꺼내 나에게 주시는 것이었다.

철딱서니라고는 약에 쓰려야 찾을 수 없었고, 할아버지가
나에게 뭐든지 주시는 것을 당연한 것이라고 생각했던 그 시절
에도, 나는 감히 그것만은 받을 수가 없다고 생각했다. 그래서
나는 싫다고 했다. 이 만년필은 할아버지가 시 쓸 때 사용하는
것이니까 나는 받고 싶지 않다고 또박또박 말씀드렸다. 그러자
할아버지는 무척 기특해하시며, 할아버지가 정말 주고 싶어서
그러는 거라며 네가 가지라고 말씀하셨다. 그래서 일단 받기는
받았는데 마음이 불편하고 전혀 기쁘지가 않았다. 할아버지가

그 멋진 만년필로 글을 쓰시는 모습이 얼마나 얼마나 멋있었는데…… 왠지 마음이 많이 불편했다.

어쨌든 나는 그 만년필을 받았고, 그것을 가지고 집으로 돌아왔다.

다음에 할아버지 댁에 갔을 때 할아버지가 책상에서 글을 쓰고 계시기에 이제는 대체 어떤 펜으로 글을 쓰시나 슬며시 살펴보았다. 그런데 백원 이백원 정도 하는 흔하디흔한 모나미 볼펜으로 글을 쓰고 계시는 것이 아닌가! 서랍을 열어보니 모나미 볼펜이 한 박스나 들어 있었다. 그때 내가 얼마나 마음이 찢어질 만큼 아팠는지 할아버지는 모르실 거다. 나는 풀이 죽어서 할아버지에게 "할아버지! 왜 이 볼펜으로 글 써? 내가 만년필 가져가서 그러지? 접때 할아버지가 나한테 준 그 만년필 다시 할아버지한테 줄까? 나는 아직 그런 게 필요 없어서 괜찮거든" 하고 말씀드렸다. 할아버지는 껄껄 웃으시며 괜찮다고, 할아버지는 어느 것으로 쓰든지 아무 상관없다고, 그것은 아주 좋은 만년필이니 유미가 잘 간수하라고 말씀하셨다. 특히 할아버지 앞에서 유독 눈물이 많았던 나는 눈시울을 붉히며 "다음에 내가 성공해서 돈 많이 벌면, 그것보다 훨씬 비싼 만년필 할아버지한테 백 개도 넘게 사줄 거야!" 하고 약속했고, 할아버지는 그럴 일 없다는 걸 잘 아시면서도 눈이 없어질 정도로 환하게 웃으시며 기특해하셨다.

　　할아버지께서 돌아가시며 유물은 전부 나중에 문학관을 만들 때를 위해 기증(?)했기 때문에 나는 할아버지 물건 중 아주 작은 것 하나도 받을 수가 없었다. 그래서 나는 할아버지의 손때가 묻은 그 만년필을 그 어느 것보다도 소중하게 간직하고 있다. 할아버지에 대한 추억을 쓰다 보면 나도 모르게 눈시울이 붉어질 때가 많은데, 바로 지금이 그렇다. 할아버지가 정말 너무 많이 보고 싶다.

신들린 윷놀이

어렸을 땐 할아버지 댁에만 가면 그렇게 심심할 수가 없었다. 할아버지 댁에는 친구도 없었고, 아무것도 가지고 놀 만한 게 없었다. 그래서 울거나 투정을 부리거나 하면, 할아버지가 나를 데리고 나가서 인형이나 장난감을 많이 사주셨다. 새로 산 인형을 안고 기분이 좋아져서 발걸음도 가볍게 집으로 돌아오면 단지 그뿐이었다. 그저 새로운 인형과 장난감이 생겼을 뿐, 여전히 심심한 노릇은 어쩔 수가 없는 것이었다. 혼자서 인형을 가지고 놀거나 장난감을 가지고 놀아봐야 도무지 뾰족한 즐거움이 생기지 않았다. 그래서 할아버지를 간신히 설득해 겨우 할아버지와 같이 좀 놀아보려고 하면, 또 그렇게 재미가 없을 수가 없었다. 할아버지와 함께 하는 놀이는 무슨 놀이든 간에 무슨 이유에선지 정도 이상으로 재미가 없었고, 아주 일찍 끝나버리는 것이었다. 살다 살다 노는 일이 그토록 재미없어보긴 또

처음이다 싶을 정도로 지루한 수준이었다. 참으로 신기한 노릇
이었다.

그런데 사실은 그도 그럴 것이 할아버지는 할아버지 관심
분야가 아니면 좀처럼 집중을 하지 않는 특성을 가지셨다. 그리
고 다른 어느 때보다도 인형놀이를 할 때면 그 특성이 여지없이
적나라하게 드러났다. 예를 들어 인형놀이를 한다고 치고, 내
가 할아버지한테 곰 인형을 갖게 하고 내가 토끼 인형을 가진 뒤
곰 인형에게 우리 집으로 놀러 오라고 한다. 곰 인형의 집은 침
실이라면 토끼 인형의 집은 서재라거나 늘 이런 식이다. 그럼
할아버지가 내가 부탁한 대로 곰 인형을 들고 우리 집으로 놀러
오는 척 연기를 하신다. 일단 놀러 왔으면 뭔가 '똑똑똑'이라거
나 아니면 '딩동' 하고 벨을 누르는 척하는 연기를 해야 하는
데, 그냥 문 앞에 가만히 서서 곰곰이 다른 생각에 잠겨버리시
는 것이다. 그럼 내가 답답해져서 "어휴! 할아버지! 벨을 누르
거나 똑똑똑 이런 걸 해야지! 그래야 내가 문을 열어주지!" 하
면 정말 재미없는 말투로 아무런 억양도 없이 로봇처럼 "똑똑
똑" 하면 그뿐이다. 그럼 내가 하는 수 없이 혼자 무척 즐겁고
재미있는 척 연기를 하면서 문을 열어주는 척하고는 "어머 곰돌
아 안녕? 어서 들어와" 하고 말하면 할아버지도 똑같이 "곰돌
아 안녕?"이라고 해서 나의 속을 터지게 만들었다. 그럴 때면

화를 내지 않으려고 무척이나 노력을 하면서 "할아버지! 할아버지는 토끼가 아니고 곰돌이잖아! 내가 토끼고! 그럼 할아버지는 토끼야 안녕?이라고 해야지, 할아버지도 곰돌아 안녕? 하면서 나랑 똑같이 말하면 어떡해! 어휴! 할아버진 그것도 몰라! 어휴!" 하고 말을 한다. 그럼 할아버지가 "그래 그렇다⋯⋯"라고 말씀하시면서 할아버지의 잘못을 인정하시는 것이다. 내가 다시 시작하자고 하고, 제발 이번에는 좀 잘해달라고 간곡하게 사정을 한 뒤, 그러겠다고 단단히 약속을 받은 후 할아버지는 할아버지의 집으로 돌아가라고, 도저히 안 되겠어서 그냥 이번엔 내가 놀러 가겠다고 한다. 그리곤 곰돌이 집으로 가서 '똑똑똑' 하면 할아버지가 문은 이미 열려 있으니까 그냥 들어오라고 하시는 것이다. 내가 화가 나도 애써 참으면서 혼자서 문을 열어주기를 기다린 척했다가 몇 초 시간 여유를 두고 들어가 "곰돌아 안녕?" 하면 또 할아버지가 "곰돌아 안녕?" 하는 것이다. 그래서 결국 내가 폭발하여 울고불고 한 적이 한두 번이 아니다. 그럴 때면 할머니가 달려와 다정히 위로를 해 주시며 이렇게 말씀하시는 것이다. 너네 할아버지 일부러 저러는 거라고. 할머니 말씀에 따르면 할아버지가 나랑 놀아주기가 귀찮아서 일부러 모르는 척 딴청을 피우는 거라는 것이다. 그러면서 할머니가 놀아주시겠다고 하셨다. 그래서 할머니하고 놀면 또 그렇게 재미있을 수가 없었다. 할머니는 정말 내 나이 또래 여자애들처럼 변신을 하시어 내 수준에 딱 맞게 정말 재미있게 놀아주셨다. 그렇지만 불행히도 할머니는 너무나 깔끔한 성품의 소유자인지라 집 안이 어지러지는 것을 극도로 싫어하셨기 때문에 내가 조금만 소꿉놀이를 늘어놓아 집 안을 어지럽힐 기미가 보이면 그러기가 무섭게 곧장 깔끔하게 정리를 해버리시기 때문에 재미가 있다가도 없어지는 것이었고, 집안일에 너무 많은 시간을 빼앗겨 나랑 놀아주는 시간은 사실상 무지하게 짧았다. 조금만 놀다 보면 저녁 준비 하셔야 된다며 부엌으로 가버리시거나 빨래, 설거지 각종 집안일을 하루 종일 바삐 하시는 것이었다. 닦았던 곳 또 닦고, 쓸었던 곳 또 쓸고, 그 일이 끝나면 온갖 화분에 물 주는 일부터 거북이들에게 밥 주는 일까지…… 처음부터 모든 것들을 다시 시작하신다. 그래서 그만 할머니와 노는 걸 단념하고 새로이 꾀를 내어, 이번에는 할아버지한테 토끼 인형을 갖게 하고 내가 곰을 가진 뒤 "토끼야 안녕?" 하면 이번에는 할아버지가 나한테 또 "토끼야 안녕?" 하고 대답하여 나에게 무수한 실망과 좌절을 안겨주시고 급기야 놀이 자체를 포기하게 만들어버리시는 것이었다.

하다 하다 안 되면 나는 마지막으로 최후의 수단인, 울고불고 대성통곡을 하면서 이럴 거면 나는 그냥 집에 가겠다고, 놀아주지도 않으면서 왜 맨날 할아버지 집에 오라고 하냐고, 우리 집에 가면 친구도 많고 아빠가 그림도 그려주고 잘 놀아준다면서 이제 다시는 여기에 안 올 거라고 호들갑을 떨며 난리를 치는 것이다. 그렇게 되면 이 기회에 부엌에서 집안일을 하시던 할머니까지 달려나와 나와 합세하셔서, 그동안 할머니가 할아버지께 서운했던 점도 오목조목 따지시며, 맞다고 뭐 그리 시가 중요하냐고 가족하고도 좀 놀아줘야지! 하고 내 편을 들어주시는 것이다. 그럼 둘이서 할아버지를 괴롭히게 되는 셈이고 결국은 셋이서 사이좋게 놀게 될 때가 많았다. 그럴 때 주로 하는 놀이가 윷놀이였다.

그날은 할아버지가 정말 중요하다고 생각하시며 기다리던 티브이 프로가 있는 날이었다. 할아버지는 그 프로는 꼭 봐야한다며 우리랑 윷놀이를 안 하시겠다는 것이었다. 그래서 내가 또 울고불고 하면서 난 집으로 가야겠다며 우리 아빠 엄마는 그런 거 잘해주는데 어쩌고 저쩌고…… 평소 즐겨 사용하는 레퍼토리를 시작하려는 참이었다. 난데없이 부엌에서 나타난 할머니도 내 편을 들어주시며 티브이가 뭐가 그렇게 중요하냐고, 아무리 중요해도 손녀보다 중요하냐고 함께 오목조목 따져주셔서 할아버지도 그만 승낙을 하셨다. 대신에 빨리 끝내자고 말씀하

셨다. 나는 너무 기분이 좋아져서 그러겠다고 손가락까지 걸고
약속을 했지만 속으로는 내가 윷놀이를 길게 끌고 가서 오랫동
안 해야지 하고 결심했다. 그런데 가위 바위 보에서부터 할아버
지가 일등을 하셨다. 사소한 것에 목숨을 거는 할머니와 나는
경쟁심리가 발동해서 가위 바위 보에서 어떻게 한번 이겨보겠
다고 별걸 다 했는데도 지는데, 할아버지는 그저 멍~ 하게 다
른 생각에 잠겨 시계만 보고 앉아 계시더니 너무나 손쉽게 이겨
버리시는 것이었다. 그렇지만 나는 '뭐 그럴 수도 있지……'
하며 '대신에 윷놀이는 내가 꼭 일등을 해야지……' 하고 결심
해보는 것이었다. 이윽고 윷놀이가 시작되고 할아버지가 윷을
던지자 모가 나왔다. 나는 불안해지기 시작했지만, 너무 조바
심 내지 않으려고 노력하며 그럴 수도 있다고 나를 위로하고 있
었다. 모가 나왔으니 할아버지가 한 번 더 던졌는데 또 모가 나
오는 것이었다. 할머니와 나는 비명을 지르면서 이게 웬일이냐
고 호들갑을 떨었다. 아무튼 할아버지가 또다시 던졌는데 또 모
가 나왔다. 그 다음도 모! 그 다음에도! 그쯤 되자 할머니와 나
는 자포자기의 심정이 되고 말았다. 우리는 이겨보겠다는 생각
은 저 멀리 달나라로 던져버리고, 이제는 어디까지 모가 나오는
지 한번 지켜보자는 그런 체념의 심정이 되어 잘 던져보라고 오
히려 할아버지를 응원하기에 이르렀다. 그런 식으로 한 번도 다

른 게 안 나오고 끝까지 연속해서 '오직 모'만이 나옴으로써, 4개의 말로 혼자 시작해서 4개 말로 혼자 퇴장하는 기이한 사태가 벌어졌다. 그동안 나와 할머니는 순식간에 윷놀이의 달인이 되어버린 할아버지의 모습만 멍하니 바라보며, 윷 한번 못 던져보고 게임을 끝내야 했다. 할아버지는 안 한다고 하실 때는 언제고 막상 일등을 차지하자, "내가 일등이다!" 하고 외치시며 잠시 동안 어린애처럼 기뻐하시더니, 약속대로 유유히 티브이 앞으로 떠나가버리셨다. 할머니와 나는 어안이벙벙하고 허무함이 느껴져 더이상 윷놀이를 하고 싶은 생각 자체가 싹 사라졌다.

그처럼 무슨 이유에선지 할아버지에게는 그토록 이상하고 신기한 일이 가끔씩 일어났다.

나 홀로 백일장

할아버지 댁에 놀러 갔던 여름방학 중 어느 날이었다. 할아버지
는 독서를 하고 계셨고, 할머니는 집안일을 하고 계셨고, 나는
혼자서 심심해하고 있는 중이었다. 할아버지랑 같이 놀고 싶은
마음은 굴뚝 같은데, 할아버지와 함께면 어떤 놀이를 하든지 간
에 재미없는 놀이가 되고 마는 사실을 너무나 잘 알고 있던 나는
한 가지 꾀를 냈다. 할아버지도 함께 즐길 수 있는 놀이를 찾으
면 되겠다고 생각했던 것이다. 어린 마음에 할아버지의 관심을
끌 수 있는 놀이는 시 쓰는 놀이밖에 없는 것 같았다. 그래서 나
는 할아버지께 백일장을 열어달라고 부탁드렸다.

　할아버지는 고개를 갸우뚱하시며 어떤 백일장을 열어달라
는 거냐고 물어보셨다. 그래서 나는, 어차피 할아버지는 나하
고 재미있게 놀아주지 않을 것 아니냐면서, 할아버지가 같이 놀
아주지 않기 때문에 혼자서 너무 심심해서 그런다며, 내가 지금

너무너무 심심해서 시라도 몇 편 써야겠으니 할아버지가 백일장을 열어주면 좋겠다고 말씀드렸다. 할아버지는 시는 조용히 혼자 사색하며 쓰는 거지 누가 쓰라고 해서 써지는 것이 아니므로, 천천히 생각하고 난 뒤 혼자 할아버지 서재에 가서 쓰라고 하셨다. 그렇지만 나는 막무가내로 백일장을 열어달라고 할아버지를 못살게 굴었다. 손녀에게는 한없이 약한 할아버지는 마지못해 일단 승낙은 하시고는, 그렇지만 문제가 하나 있다고 하시며 백일장인데 너 혼자 출전할 거냐고 물어보셨다. 안 그래도 나 역시 그 부분에 대해서 여간 걱정하고 있었던 것이 아니었다. 그래서 곰곰이 생각을 했더니, 지금 이 집안에서 나와 함께 출전해줄 수 있는 사람이라고는 오직 한 명, 할머니뿐이었던 것이다!

그래서 나는 할머니에게로 가서 나하고 함께 백일장에 좀 나가달라고 공손한 자세로 부탁드렸다. 할머니는 눈을 동그랗게 뜨시며 뜬금없이 웬 백일장이냐고 물으셨다. 나는 자초지종을 설명한 뒤, 백일장 같은 대회에 나 혼자 참가하면 아무런 의미가 없으니 할머니가 꼭 좀 도와달라고 부탁했다. 나는 "할머니는 남편이 시인인데 시도 안 써? 이 기회에 나랑 같이 시 좀 써보자. 응? 제발!"하고 최대한 불쌍한 표정을 지으며 애원했다. 원래부터 마음이 약하신 데다가 모든 할머니들이 그러하듯

특히 손자, 손녀한테 다정한 할머니이지만, 이때만큼은 아주 단호한 표정으로 나의 부탁을 단칼에 거절하시는 것이었다. 그 이유인즉슨, 젊었을 때 할머니도 몇 편인가의 시를 써서 가끔씩 할아버지께 보여드리기도 했다는 것이었다. 그러나 할아버지는 그 시들을 읽으실 때마다 진지하게 임하기는커녕 할머니로 하여금 망신스러운 심정이 들게 할 정도로 웃음을 터뜨리기 일쑤였다며, 그래서 그 후부터는 절대로 시를 쓰지 않았고 앞으로도 다시는 시를 써서 보여드리는 일은 결코 없을 거라고 말씀하시는 것이었다.

그 말을 들은 나는 정의로운 마음에 불타며 할아버지에게로 달려가서 울먹이며 따졌다. "할아버지! 할머니가 쓴 시 비웃었어? 왜 그랬어! 어떻게 그럴 수가 있어!" 그러자 할아버지는 전혀 기억에 없으시다며 그런 적이 절대로 없다고 발뺌하시는 것이었다. 나는 다시 할머니에게로 달려가 "할머니! 할머니! 내가 할아버지한테 물어봤더니 비웃은 적 없대! 그러니까 제발 나랑 같이 백일장 좀 나가주라! 제발" 하며 간절하게 부탁했다. 그러나 웬일인지 할머니는 내 생각보다도 훨씬 완강하셨다. 절대로 무슨 일이 있어도 백일장만큼은 나가시지 않겠다는 것이었다! 그래서 하는 수 없이 나는 혼자 출전하기로 했다. 대신 혼자 나가면 1등, 2등, 3등을 정할 수 없는 관계로, 하는 수 없이 내가 1인 5역쯤 해서 시를 5편 정도 쓰기로 하고 그 중에서 3개를 뽑아달라고 했다. 나는 그것이 몹시 탁월한 이른바 '굿아이디어'라고 생각했기 때문에 의기양양해졌지만, 할아버지는 뭐 아무래도 상관없으니 너 좋을 대로 하라고 하셨다.

저녁을 먹고 나서 나는 할아버지에게 준비가 되었으니 어서 주제를 정해달라고 말씀드렸다. 그러자 할아버지는 눈을 동그랗게 뜨시며, 시라는 것은 자기가 쓰고 싶은 것을 써야지 누가 정해주는 것으로 쓰는 게 아니라고 하셨다. 그래서 나는 몹시 답답해하며, 할아버지는 백일장에 한 번도 나가본 적이 없냐면서, 원래 다들 그렇게 하는 거니까 이왕 백일장을 하기로 했으면 제발 내 방식대로 협조를 좀 해달라고 부탁드렸다. 그러자 할아버지가 주변을 둘러보시더니 아무렇게나 대충 "선풍기!" 하시는 것이었다.

　　나는 한참을 생각해보았다. 그런데 아무리 생각을 해봐도 선풍기는 너무 유치하고 흔해빠진 주제인 것 같았다. 선풍기가 뭐람! 대체 할아버지는 내 수준을 뭘로 보시는 걸까? 그래서 나는 주제를 좀 바꿔달라고 최대한 공손한 포즈로 부탁드렸다. 그러자 할아버지는 도대체 그런 법이 어디 있냐면서, 심사위원이 주제를 한번 정해줬으면 그걸로 쓰는 거지 이렇게 바꿔달라…… 저렇게 바꿔달라…… 어쩌고…… 저쩌고…… 그러는 거 아니라고 하셨다. 그래서 나는 예전에 초등학교 2학년 때 엄마와 함께 백일장에 나갔던 기억을 떠올리며, 그때는 분명히 두 가지의 주제가 있었고 그 중에서 하나 골라서 쓰는 거였다며 어서 할아버지도 다른 주제를 하나 더 선정해달라고 했다. 그러자 할아버지는 하는 수 없이 또 거실을 둘러보시더니 대충 "전화기!" 하시는 것이었다. 으악! 그것이야말로 선풍기에 버금가는 수준으로 유치하고 성의 없는 주제가 아닌가! 귀찮아서 아무렇게나 대충 말씀하시는 티가 역력했다! 누가 모를 줄 알고? 나는 울화통이 터져 죽을 지경이었다. 그렇지만 내가 또 주제가 이상하다, 주제를 바꿔달라, 어쩌고저쩌고 했다가는 분명 할아버지는 그러는 게 아니라며 한번 정해줬으면 그걸로 쓰는 거지 무슨 말이 그렇게 많냐고 뭐라고 한 말씀 하실 것이 분명했고, 최악의 경우 백일장 자체를 취소해버리는 수가 있기 때문에 할 수 없이 그냥 참고 쓰기로 했다.

그런데! 아무리 생각을 해도 시가 단 한 줄도 안 써지는 것이었다. '아…… 주제가 너무 유치해…… 도저히 못 쓰겠어…… 그렇지만 다섯 편이나 써야 되는데 이를 어쩌지…….' 나는 도무지 시상이 안 떠올라 미쳐버릴 지경이었기 때문에 거실을 굴러다니며 괴로워하고 있었다. 내가 카펫 위에 누워서 뒹굴거리며 괴로워하고 있으니까, 할머니가 부엌에서 나오시며 놀란 눈으로 지금 너 여기 누워서 대체 뭐 하고 있는 거냐고 물어보셨다. 그래서 나는 오늘 저녁 동안에 시를 5편이나 써야 되는데, 할아버지가 너무 이상한 주제를 주었기 때문에 한 줄도 쓸 수가 없어서 이러는 거라고 말씀드렸다. 그러자 할머니는 깜짝 놀란 표정으로 눈을 동그랗게 뜨시며 할아버지께 "당신 애한테 시를 다섯 편이나 쓰라고 했소?" 하시는 것이었다. 그러자 할아버지는 그런 게 아니라고 손사래를 치시며, 할아버지는 분명히 나에게 쓰고 싶은 주제를 선정한 후 시간을 들여 천천히 쓰라고 했는데도 내가 막무가내로 주제를 정해달라고 할아버지를 못살게 군 뒤 자기 멋대로 5편을 쓰겠다고 한 거라고 말씀하셨다.

그렇게 할아버지, 할머니가 티격태격하시는 사이에 나는 혼자서 조용히 시 다섯 편을 다 써버렸다. 나는 아무래도 주제가 마음에 와 닿지 않는 것 같아서, 내 멋대로 '여름'과 '우리 가족'이라고 주제를 약간 수정했다. 내가 다 썼다고 하자, 할아버지는 또 깜짝 놀란 표정을 지으시며 무슨 시를 그렇게 빨리 쓰냐며 시는 그렇게 빨리 쓰는 게 아니라 오랜 시간 생각하고 나서 쓴 뒤 고치고, 또다시 고치고 이렇게 여러 번의 고치는 작업을 반복해야지 비로소 좋은 시가 나오는 거니까 조금만 더 생각해 보라고 하셨다. 그렇지만 나는 이제 질려서 더 이상은 한 줄도 쓰고 싶지 않다며, 게다가 사실 한 편을 쓴 것도 아니고 다섯 편을 모두 다 썼다고 말씀드렸다. 그러자 할아버지께서는 너무 놀라서 비명 비슷한 이상한 소리를 지르셨다. 나는 어서 다섯 편 중에서 1등, 2등, 3등을 뽑아 상을 달라고 말씀드렸다.

　　할아버지는 그중 제일 잘 쓴 것 하나만 1등으로 뽑아주시고, 나머지는 다시 좀 고쳐보는 게 어떻겠냐며 아무리 봐도 너무 성의 없어 보이지 않냐고 아주 조심스럽게 의견을 말씀하셨다. 나는 안 된다고 빨리 3등까지 뽑은 다음에 상을 달라고 했다. 그러자 할아버지는 시를 다 고치면 그때 뽑아서 상을 주겠다고 하셨다. 나는 이미 다섯 편이나 쓰는 바람에 기력이 쇠진하여 더 이상 시는 쓰고 싶지 않다고 말씀드렸다. 그리고 어차피 무엇을 뽑으나 1등, 2등, 3등은 전부 내 차지인데 무슨 상관이 있냐면서, 그냥 아무 거나 뽑아서 상을 미리 주면 상을 다 받은 다음에 시간과 정성을 들여 천천히 고쳐보겠다고 말씀드렸다.

방학이 끝나고 집으로 돌아와 다시 학원에 다니고 숙제를 하는 일상에 적응할 무렵, 할아버지로부터 편지가 왔다. 그 편지가 바로 이 편지다.

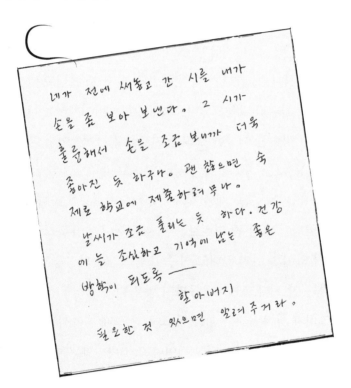

네가 전에 써놓고 간 시를 내가
손을 좀 보아 보낸다. 그 시가
훌륭해서 손을 조금 보니까 더욱
좋아진 듯 하구나. 괜 찮으면 숙
제로 학교에 제출하려 무나.
날씨가 조금 풀리는 듯 하다. 건강
에 늘 조심하고 기억에 남는 좋은
방학이 되도록 ———
　　　　　　　　　　할아버지
틀 린 것 있으면 알려 주거라.

미안해 하는 할아버지

어렸을 때 나는 친구를 잘 사귀지 못하던 고독한 소녀였다.

유치원에는 단 한 명의 친구도 없었지만, 그래도 전혀 외롭거나 쓸쓸하지 않았다. 어차피 내 친구들은 엄마, 아빠, 할아버지랑 할머니…… 이런 사람들이라고 생각했기 때문이다.

유치원 다니는 일은 나에게는 정말 괴로운 일이었다. 왜냐하면 유치원에 들어가기 직전까지 내 또래의 친구를 사귀어본 경험이 전혀 없었기 때문이다. 그래서 나는 내 또래의 아이들과 무엇을 어떻게 하고 놀아야 되는지 도무지 알 수 없었다. 엄마는 이런 나의 성격이 너무 걱정스러워서 어떻게든 친구를 좀 사귀게 해보려고 엄마 친구 딸들을 몇 번인가 우리 집에 초대한 적도 있었다. 그러나 나는 그때마다 그 아이들이 혹시라도 내 방에 들어오지는 않을까, 혹시라도 내 장난감을 만지지는 않을까 걱정이 되어, 무시무시한 눈초리로 노려보고 있었다. 그런 비정상적인 행동을 하고 있는 나를 친구로 삼아줄 만큼 너그러운 마음씨를 가진 아이는 없었기에 엄마의 노력에도 불구하고 여전히 나는 외로운 존재였고, 오히려 나는 그 편이 더 좋았다.

　친구를 사귈 때 내가 가장 중시했던 부분은, 바로 사람을 사귀는 데 있어서 가장 기본 바탕이 된다고 할 수 있는 '대화하기'였다. 그 당시 나는 이 세상에서 가장 싫은 것이 타인이 나에게 말을 거는 것이었다. 왜냐하면 누가 나에게 말을 걸면 대답을 해야 하는데, 나는 대답하는 것을 경멸했다. 너무 부끄러웠기 때문이다. 그래서 유치원에 다니는 동안 가장 큰 고민거리는―어차피 내가 친구들한테 먼저 말을 걸지는 않을 것이 분명하고―친구들이 나한테 말을 걸면 어떡하지 하는 것이었다. 그래서 매일 밤이면, 그리고 그 다음 날 아침이면 울면서 유치원에 안 가면 안 되냐고 엄마를 들들 볶아댔다. 그럴 때마다 엄마는, 이 아이가 유치원에서부터 이렇게 적응을 못하면 앞으로 어떻게 초등학교, 중학교, 고등학교, 그리고 대학교를 무사히 졸업할 수 있을까 하는 걱정으로 오히려 더 죽기 아니면 살기로 유치원에 보내셨다. 그리고 도대체 유치원이 왜 그렇게 싫냐고 매일매일 물어보셨다. 그럴 때마다 나는 울면서, 유치원에는 친구가 한 명도 없고, 물론 친구를 사귀고 싶지도 않고, 그렇다고 재미있는 장난감이 있는 것도 아니고, 책도 보기 싫다고 대답했다. 엄마 생각에 이 사태의 제일 시급한 문제점은 친구가 없는 것이라고 판단하여, 하는 수 없이 엄마가 나와 함께 유치원에 다니기 시작했다. 그래서 내 책상 옆에는 늘 엄마의 책상과 의자가 있었고, 유치원 졸업식에서 우리 엄마는 훌륭한 어머니 상을 받았다. 그때 원장선생님께서 엄마를 꼭 껴안아주시며 엄마의 노력을 진심으로 칭찬해주셔서 눈시울이 붉어졌던(나 말고 엄마가!ㅋ) 기억이 난다.

그러던 어느 날이었다.

유치원에서 소풍을 가게 되었다. 유치원에 다닐 때는 모든 일정을 할아버지, 할머니께 전화로 알리는 것이 당연한 것으로 되어 있었기 때문에, 그 전날 엄마가 할머니께 전화를 걸어서 내일은 유치원에서 서울대공원으로 소풍을 간다고 말씀드렸고, 그것을 다시 할머니가 할아버지께 알리셨다. 그런데 소풍 가는 날 아침에 할아버지로부터 한 통의 전화가 왔다. 할아버지는 엄마에게, 어제 몹시도 불길한 꿈을 꾸었다고 말씀하셨다. 그러면서 아무리 생각해보아도 서울대공원은 너무나 넓어서, 아무래도 유치원 선생님이 유미를 잃어버릴 것 같으니 소풍을 보내지 않는 것이 좋을 것 같다고 말씀하셨다는 것이었다. 엄마는 웃으시며 엄마들도 모두 함께 가기 때문에 별로 위험하지 않다고 말씀드렸다. 그래서 일단 승낙은 하셨지만, 그래도 할아버지는 어딘가 미심쩍은 낌새를 감추지 못하시며 이따 다시 전화하겠다고 하셨다고 했다.

좀 있다가 정말 다시 전화가 왔다. 할아버지와 할머니 두 분이서 뭔가를 의논한 것 같은 분위기였다고 한다. 할아버지는 다시 한 번 곰곰이 생각을 해봤는데, 아무래도 너무 위험하니 우리도 함께 가서 미행을 좀 해야겠다고 하시며 할머니랑 고모랑 함께 가겠다고 하셨다고 했다. 또 할아버지는 나를 바꿔보라고 해서 "소풍인데 뭐 사줄까?" 하고 물어보셨다. 그때의 할아버지의 목소리와 말투가 아직까지도 생생하게 기억이 난다. 더불어 내가 '나는 소풍 가는 것이 하나도 즐겁지 않은데, 도대체 왜 할아버지가 들떠 있담?' 하고 의아하게 생각했던 기억도 난다. 어쨌든 그때 나는 별로 필요한 것도 없고 소풍 자체가 싫다고 말씀드렸다. 그러자 엄마가 옆에서 무시무시한 눈초리로 날 째려보시며 주의를 주는 것이었다. 내가 그렇게 말하면 분명 할아버지는 다시 엄마를 바꾸라고 한 다음에, "이것 봐라! 애도 가기 싫다잖니! 그런데 굳이 싫다는 애를 그렇게 꼭 억지로 보내야겠니? 그냥 오늘은 유치원 한번 빠지게 하고 우리끼리 가까운데 나들이나 가면 되지……" 하고 말씀하실 것이 분명하기 때문이다. 그 당시 엄마는 내가 유치원을 빠지는 것이 지옥

가운데 빼곰히
쳐다보고 있는
사람이 나

원일유치원 시절,
식물원으로 소풍 가다

에 가는 것만큼이나 위험하고 좋지 않은 일이라고 생각하셨다. 그럼에도 불구하고 솔직히 나는 유치원에 제대로 다니지 못했다. 할아버지가 나를 보고 싶어하면 늘 유치원을 빠지고 할아버지 댁으로 출동했기 때문이다. 나는 어차피 유치원에 가는 것을 싫어했으니까 전혀 개의치 않았는데 사실 엄마는 그때마다 마음이 찢어지는 것처럼 아팠다고 나중에야 말씀하셨다. 아무튼 나는 엄마한테 혼나지 않기 위해서, 갑자기 소풍이 엄청 가고 싶어진 척한 다음에, 그냥 대충 생각나는 대로 껌이 갖고 싶다고 껌을 사다 달라고 했다. 그러자 할아버지가 웃으시며 그래도 소풍을 가는데 껌 말고 다른 것도 많이 있어야 하지 않겠냐고 물어보셨다. 나는 귀찮다는 듯이, 진짜 껌이 갖고 싶다고 그냥 껌이 아주 많이 갖고 싶으니까 껌을 아주 많이 사다 달라고 말씀드렸다.

소풍이 무르익어갈 무렵이었다. 반별로 모여서 점심도 먹고 간식도 먹으려고 하는 찰나에 할아버지, 할머니, 고모가 멋지게 등장하셨다! 기사 아저씨도 함께! 시끌벅적하게 온 일가 친척이 온 사람은 아무도 없었는데 나만 할아버지, 할머니, 고모가 오신 데다가, 할아버지, 할머니, 고모가 모두 마치 패션쇼에 가는 사람처럼 멋지게 차려입고 오시는 바람에 왠지 모르게 엄청 튀어버렸다!

그런데 글쎄 할아버지가…… 나는 세상에 태어나서 그렇
게 많은 껌은 난생 처음 가져보았다. 정말 어찌나 많은 껌을 사
오셨던지…… 그렇게 많은 껌을 처음 본 아이들이 깜짝 놀라
며, 마치 겨울 식량을 준비하던 중 음식 냄새를 맡고 몰려드는
한 무리의 개미들처럼 한꺼번에 나에게로 몰려들었다. 그래서
나는 또 난생 처음으로 그렇게 많은 유치원생들에게 파묻히게
되었다! 숨 쉬기도 힘들 만큼!

　　지금 다시 생각해봐도 웃긴 것이, 대체 껌이 뭐라고 그 난
리가 났는지 아이들은 나를 마치 구세주로 여기는 듯했다. 구원
이라도 받겠다는 듯한 표정을 지으며 미친 듯이 나에게로 몰려
들어서 "유미야 제발 나도 한 개만!" "유미야 나도!"를 외쳐대
는 것이었다.

　　나는, 친구들이 나에게 말 한마디 거는 것도 싫어 죽겠는데
전 유치원생들이 나에게로 몰려들어 "껌 하나만"을 미친 듯이
외쳐대니 돌아버릴 지경이었고, 도저히 감당을 할 수 없었다.
그래서 나는 한시라도 빨리 개미처럼 와글와글 달려드는 아이
들을 떼어버리기 위해서, 그 수많은 껌들을 미친 듯이 마구마구
뿌렸다.

　　엄마는 웃으시며 할아버지께, 유미가 껌을 사다 달라고 말
씀드렸다고 해서 정말 다른 과자는 하나도 안 사오시고 오직 껌

만 저렇게 많이 사오셨냐고 물어보셨다고 한다. 그러자 할아버지는 멋쩍은 미소를 지으시는 한편 무척 놀란 목소리로, 우리 유미가 친구를 잘 못 사귄다고 해서 평소에 걱정을 많이 했는데 저렇게나 인기가 많은 아이인 줄은 미처 몰랐다고 말씀하셨다고 한다. 집에서 봤을 때는 아무것도 모르는 어린애인 줄 알았는데 밖에만 나가면 저리도 인기 만점이니, 앞으로 우리 유미는 걱정할 필요가 없겠다면서…….

수능 전문 기자로
변신한 할아버지

수능 보던 날이 떠오른다.

　고3이 되는 순간, 전국의 모든 고3 수험생들은 각자 자기
친구들과 수능에 대한 이야기꽃을 피우게 될 것이다. 고등학교
때 나는 선배들하고 친하게 지내는 성격이 아니라서 선배로부
터 입수한 정보가 별로 없는데, 선배 오빠들이나 언니들을 많이
알고 지내던 친구들은 "이 오빠가 그러는데 수능 날에는 어쩌고
저쩌고~" 또 "저 오빠가 그러는데 수능 볼 때 도시락이 어쩌고
저쩌고" 하면서 저마다 입수한 여러 소식들을 앞다투어 알려주
었다. 그때마다 나는 잔뜩 겁에 질려 눈을 동그랗게 뜨고는 한
마디라도 놓칠세라 고개를 세차게 끄덕여가며 열심히 듣곤 했
다. 대화를 하는 중에는 '앞으로 죽을 각오로 공부해야겠다' 고
결심을 하지만 막상 대화가 끝나고 나면 대화하는 데 체력을 다

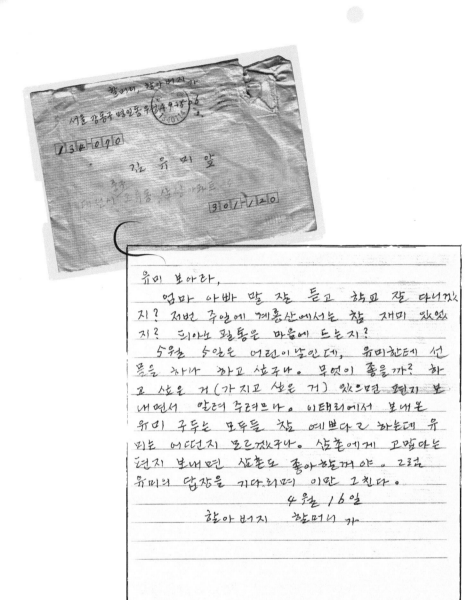

유미 보아라,

　　엄마 아빠 말 잘 듣고 학교 잘 다니겠지? 저번 주일에 계룡산에서는 참 재미 있었지? 피아노 광통은 마음에 드는지?

　　수원 수안은 어린이날인데, 유미한테 선물을 하나 하고 싶구나. 무엇이 좋을까? 하고 싶은 거 (가지고 싶은 거) 있으면 편지 보내면서 알려 주려므나. 이태리에서 보내온 유미 구두는 모두들 참 예쁘다고 하는데 유미는 어떤지 모르겠구나. 삼촌에게 고맙다는 편지 보내면 삼촌도 좋아할꺼야. 그럼 유미의 답장을 기다리며 이만 그친다.

4월 16일

할아버지 할머니 가

써버린 나머지 공부할 힘이 한 톨도 남아 있지 않을 뿐만 아니라 그렇게 무시무시한 시험을 대체 어떻게 볼지 걱정이 되어 공부가 더 안 되곤 했다.

그중 베스트 프렌드인 민정이가 해준 이야기는 아직까지도 기억에 남는다. 자기가 아는 선배 오빠가 해준 이야기인데, 막상 수능이 다가오면 가장 큰 걱정이 시험 그 자체에 있는 것이 아니라고 했다는 것이다. "뭐라구? 그럼 시험 자체가 걱정이 아니면 대체 뭐가 걱정인데?" 시험보다 더 큰 걱정도 있나 무서워진 내가 다급히 물어보았다. 그러자 민정이의 말인즉슨, 어차피 수능은 평소 자기 실력대로 보는 것이니까 날짜가 다가올수록 자포자기의 심정이 되어 해탈의 경지에 오르므로 걱정도 안 하게 되지만, 만약 친한 친구들 모두와 떨어져서 시험을 보러 가게 되면 누구랑 점심을 먹을지 그런 것이 사실상 현실적으로는 더 시급한 문제라고 했다. 우리는 그 이야기를 들으며 엄청나게 많이 웃었다. 하지만 정말 날짜가 다가올수록 시험에 대한 걱정보다는 도시락 메뉴는 무엇으로 싸가야 좋을지, 점심은 누구랑 먹을지 은근히 신경이 쓰이는 것이었다.

그러나! 우리 학년 때의 수능은 사상 최고(?)로 어려웠다고 말할 수는 없을지라도 아무튼 어려워서 난리가 났던 바로 그 수능이었다! 수없이 많은 학생들이 일교시 언어영역을 치고는 수능을 포기하고 교문 밖으로 달려나갔다는 그 수능 말이다!
지금 점심 도시락이 어쩌고, 밥을 누구랑 먹고 어쩌고, 이런 거
걱정할 때가 아니었던 것이다. 친구들은 다들 우느라 밥을 제대
로 못 먹었고 나도 가슴이 답답하고 토할 것 같아서 점심을 하나
도 못 먹었다. 다행히도 이럴 경우를 미리 예상한 엄마가 입맛이
없을 경우 먹으라고 초콜릿을 싸주셔서 그나마 버틸 수 있었다.

　　고3 내내 선생님들이 수없이 강조하셨던 요령들 중 하나가
쉬는 시간에 무조건 화장실에 다녀오라는 것 그리고 쉬는 시간
에 친구들과 절대로 정답을 맞춰보지 말라는 것이었다. 나는 그
기억을 떠올리며 쉬는 시간이 되기가 무섭게 전속력으로 화장
실에 달려갔다 온 뒤 친구들을 만나도 절대로 답을 맞춰보지 않
았다. 아무리 궁금해도 꾹 참으면서 말이다! 내 친구 중 한 명
은 선생님들의 말씀을 거역하고 1교시 언어영역이 끝나자마자
답을 맞춰보고는 울기 시작하여 전과목을 망쳐버리고 말았던
슬픈 경우도 있다. 그 아이는 매 쉬는 시간마다 복도로 나가서
창문 밖으로 몸을 반 이상 쭈~욱 빼고는 운동장에 가득 몰려
있는 학부모들 사이로 자기 부모님이 있는지 없는지 두리번거
리며 찾았다. 마지막 쉬는 시간쯤 마침내 자기 엄마 얼굴을 발
견하는 데 성공한 그 친구는 "저기 우리 엄마가 있어…… 엄마
한테 너무 미안해……" 하고 말하며 대성통곡을 하였다.

시험을 마치고 나오는데 운동장에 조마조마한 표정으로 서 있는 아빠와 엄마가 보였다. 아빠는 학교 앞에서 나눠준 답안지를 들고 계셨다. 엄마가 옆에서 어서 답을 맞춰보라고 성화였고, 아빠는 집에 가서 맞춰보라고 성화였다. 나는 어느 장단에 맞춰야 할지 모르는 채 덜덜 떨리는 손으로 시험지와 답안지의 정답을 하나씩 맞춰보았다. 그런데 이게 웬일! 첫 문제부터 틀린 것이다! 언어영역은 내가 가장 자신 있던 과목인데, 이렇게 언어영역부터 망쳐버린다면 나에게는 아무런 희망도 없는 것이다! 갑자기 속이 안 좋아지면서 토하고 싶어져서 아빠한테 콜라를 좀 사다 달라고 부탁했다. 아빠가 콜라를 사오시는 동안 다음 문제의 답은 감히 맞춰볼 엄두도 못 내고 차에 앉아서 울기 시작했다. 그런데 앞좌석에 타신 엄마가 날 돌아보며 "어쩌면 답안지가 잘못된 것일지도 몰라…… 집에 가서 ARS 전화로 다시 맞춰보자"하고 말씀하셨고 그 말을 듣자 나도 갑자기 그런 것 같아져서 울음을 그쳤다.

집에 도착하자마자 엄마가 ARS로 다시 채점을 해보라고 또 성화였다. 그러자 아빠가 일단 저녁부터 먹고 하라고 또 성화였다. 우리 가족은 아무도 입맛이 없었고, 그렇다고 아무것도 먹지 않기에는 다들 너무나 기운이 없어서 심장마비를 방지하기 위해서라도 뭔가를 좀 먹어야 할 상황이었다. 그래서 아빠가 라면을 끓이셨다. 아빠가 라면을 끓이는 동안 나는 용기를 내어 ARS에 전화해서 답을 맞춰보기 시작했다. 그런데 역시! 또 1번부터 틀린 것이었다. 그럼 아까 그 이상한 답안지가 이상했던 게 아니었던 것이다! 우르르 쾅! 나는 이제 대학은 다 갔다고 생각했다. '내가 꿈꾸던 멋진 대학 생활은 이제 안녕이야…… 내일 당장 재수학원에 등록해야지……'라고 생각했다. 나는 라면을 앞에 두고 엉엉 울고 있고, 가족들은 내 눈치만 살피고 있는 사이에 라면은 팅팅 불어가고 있는 중이었다.

그런데 전화가 왔다. '대체 이 상황에 누가 예의 없이 전화를 한담?' 그러나 할아버지였다. 할아버지가 시험은 어떻게 봤냐고 물어보시는 순간, (물론 그 전부터 울고 있긴 했지만) 나는 갑자기 서러움이 북받쳐 대성통곡을 하고 말았다. 사실 수능을 잘 보고 싶었던 가장 큰 이유는 할아버지 때문이었다. 할머니가 갑작스럽게 돌아가시고 여러 해 동안 마음 붙일 곳 없이 적적해하시던 할아버지께 귀여운 손녀의 대학 입학이라는 즐거움을 선물해드리고 싶었다. 할아버지의 목소리를 듣는 순간 나는, 마치 내가 살아갈 가치도 없는 인간에다가 할아버지, 할머니 사랑에 제대로 보답도 못 하는 불효막심한 배신자처럼 여겨졌다. 전화를 받자마자 내가 집이 떠나갈 듯이 엉엉 울고불고 온갖 호들갑을 다 떠는 바람에 할아버지는 굉장히 큰일이 났다고 생각하게 되었다.

　그 순간부터였다! 할아버지가 시인에서 기자로 변신한 순간이!

　할아버지는 한 시간에 한 번 꼴로 전화를 하시어 뉴스 속보를 전달하시기 시작했다. 덕분에 나는 뉴스를 볼 필요가 없을 정도였다. 신문과 뉴스에서 전해주는 모든 정보를 할아버지가 하루에 수십 번씩 정확하게 전달을 해주셨고, 거기에다 할아버지의 개인적인 의견까지 덧붙여 알려주시는 바람에 나는 손 하나 까딱 않고 아주 상세하게 돌아가는 상황을 알 수가 있었다. 시인일 때의 할아버지는 냉철하고 차분한 지식인의 모습이었는데, 기자일 때의 할아버지는 도무지 흥분을 감추지 못하는 붕~ 뜬 목소리에 횡설수설이 난무하는 대화를 하다가 갑자기 전화를 뚝 하고 끊어버리기 일쑤였다. 내 평생 그리도 정열적인 할아버지의 모습은 처음이었다. 전화를 통한 정보 전달은 내가 대학에 합격했다는 전화를 받기 직전까지 계속되었다.

　기자가 된 할아버지는 처음 한동안은 수능이 어려웠다는 것과 수험생들 대부분이 모의고사 때에 비해 성적이 많이 떨어졌다는 소식을 전달해주셨다. 그 후 원서를 쓰기 시작할 무렵에는 그야말로 수능 전문가 뺨치는 정보의 소유자가 되어버리셨다.

　할아버지는 모든 대학의 모든 인문계 학과의 예상점수 커트라인까지 모조리 파악하시고, 어디에 원서를 내면 유리하고, 어디에 원서를 내면 점수상으로는 괜찮지만 '다군'에 있기 때문에 사람들이 많이 몰려서 떨어질 가능성이 크고, 뭐 이런 정보를 상세하게 알려주시며 어디에 원서를 내고 어디에는 내지 말라고 신신당부를 하시곤 했다.

원서를 쓰느라 육체적으로나 정신적으로나 여러모로 피폐해진 나는 이미 달관의 경지에 올라 체념의 자세로 돌입한 나머지 전화를 받을 힘조차 없었고, 학교에서 돌아오면 이불을 똘똘 뒤집어쓰고는 그 속에서 울다가 잤다. 그렇기 때문에 전화를 받는 사람은 늘 엄마였다. 엄마는 학교에 찾아가 내 수능 점수를 두고 선생님들과 상담한 이야기와 엄마가 인터넷으로 알아본 커트라인 점수 등등을 할아버지께 모조리 말씀드렸고, 둘이서 손발이 척척 맞아 아침부터 밤까지 지치지도 않고 하루 종일 수다를 떨었다. 아마 그때가 엄마 인생에서 시아버지와 가장 가까운 사이로 지낸 시점이었을 것 같다. 아빠는 그런 엄마와 할아버지를 두고 베스트 프랜드 혹은 반상회에 모인 사이좋은 아주머니들이 따로 없다고 말씀하셨다.

원서를 내고 입학했다는 연락을 받을 때까지 할아버지는 늘 나와 함께 웃고 울어주셨다. 그렇게 입학해놓고, 대학에 다

니기 싫다고 입학식에도 안 갔으니 지금 생각해도 내가 참 못났
다. 지금도 그때 그 열정적이던 할아버지를 생각하면 마음 한구
석이 저려온다. 할아버지가 그렇게까지 날 아끼고 사랑해주셨
는데, 만일 내가 열심히 살지 않는다면 그거야말로 천하의 배신
자가 따로 없겠지? 그래서 나는 열심히 살아야겠다고 다시 한
번 다짐해보는 것이다.

1) 불국사
　　　　(박목월)

흰 달빛
— 자하문 (紫霞門)

> 대웅전 (大雄殿)
　를 보살

> 바람소리
　물소리

부영루 (浮影樓)
엔 그림자

> 흐느히
　젖는데

> 흰 달빛
　자하문

> 바람소리
　물소리

2) 미국의 50년대 신비평가의 한 사람인 랜섬 Ransom은 시를 세가지로 분류했다. 그 하나가 관념시인 시 Platonic poetry, 그 둘이 물리시 physical poetry, 그 셋이 형이상시 Metaphysical poetry다.

관념시는 물리시와 대립적인 입장에 있다다. 관념시는 숫자 그대로 관념을 드러내려고 하는 시다. 관념이란 즉 메시지를 말한다다. 분리시는 이와는 달리 관념을 발휘하려고 하는 시다. 즉 메시지가 없는 시다. 사물로 하여금 그 스스로가 말을 하게 하는 그런 시다. 위에 든 박목월의 시 「불국사」는 전형적에서 이서는 대표적 (전형적)인 물리시라고 해야 하나다.

시 「불국사」는 제5연을 빼면 아무데든 동사가 없다. 즉 설명이 없다는 것이 된다. 주사 (主辭)만 있다. 주사만 있다는 것은 사물이 제시되고 있다는 사실만 있지 그 사물

3) 이 어떻다는 설명이 없다는 것이 된다. 즉 주체 (작자)가 자기의 관점 (사상—관념)을 드러내지 않는다는 것이 된다. 관념은 독자에게 맡겨져 있다. 이 상태는 현상학적인 모던이 된다. 현상학에서는 판단중지란 말을 한다. 판단중지란 판단을 단순히 않는다고 판단을 유보상태로 돌리는 것이 된다. 에서지, 즉 판단이 없다는 것은 판단을 하지 않는다는 것이 된다. 그러니까 위의 시는 현상학적인 입장을 대변하는 시라고도 할 수 있다. 이처럼 철저한 물리시는 中國의 시에서는 고전이나 현대시를 통하여 선터드 솔인이다.
　　　　　　　　　　　　　　박○○로　하○

국문과를 다닌 내가
학교 숙제 때문에 할아버지께
질문을 하자 자세하게
설명해주시며 써주신 것

94

발렌타인데이 선물

할아버지가 아침부터 밤까지 앉아 계시던 거실의 안락의자 옆
탁자에는 항상 책들이 쌓여 있었고 그 책들 사이에 할아버지의
보물상자가 있었다.

사실 보물상자라고 말해봐야 뭐 대단히 특별한 것은 아니
고 그냥 자그마한 플라스틱 통이었는데, 그 안에는 늘 여러 종
류의 사탕과 초콜릿을 비롯한 맛있는 과자들이 극히 소량으로,
하지만 다양하게 구비되어 있었다.

할아버지는 하루의 대부분을 그 안락의자에 앉아서 보내셨
다. 거기에 앉아서 사람들과 대화도 나누고, 티브이도 보시고,
독서도 하셨는데, 그럴 때 틈틈이 그 보물상자를 열어서 뭔가
맛있는 것을 아주 조금씩 꺼내어 드시곤 했었다. 워낙에 적은
양을 자주 드시다 보니, 매번 부엌까지 왔다 갔다 하시며 간식
을 가져오는 것이 불편하니까 아예 안락의자 옆에 상자를 마련

해두고 그 안에 조금씩 다양하게 갖추어 놓으시고는 꺼내 드셨던 것이다. 내가 할아버지 댁에 놀러가서 티브이를 보다가 갑자기 간식이 먹고 싶어져, "할아버지 나 사탕 한 개만!" 하고 말하면 할아버지는 언제나 그 상자를 건네시며 "여기에 여러 가지 종류의 먹을 것이 있으니 네 마음대로 꺼내 먹거라" 하고 말씀하셨다.

그 보물상자는 큰고모가 관리하셨다. 고모는 그 보물상자의 창시자인 동시에 관리자였다. 그래서 고모는 늘 그 보물상자를 살피셨다. 만일 '초콜릿이 떨어졌다!' 싶으면 얼른 초콜릿을 사다가 부엌 찬장에 가득 채워두시고는 보물상자가 빌 때마다 떨어질 틈 없이 조금씩 덜어서 넣어두셨고, 사탕이 떨어지면 사탕을 넣어두셨다. 덕분에 언제나 보물상자에는 여러 가지 맛있는 군것질거리가 비워질 틈 없이 채워져 있었고 그래서 나는 그 상자를 할아버지의 보물상자라고 생각했다.

나는 그 보물상자가 여러 가지 종류의 것들로 가득 채워져 있으면 왠지 모르게 그렇게 흐뭇할 수가 없었다. 이상하게도 나는 뭔가가 바닥날 틈 없이 가득 채워두는 것에 묘한 쾌감을 느끼곤 한다. 예를 들면 나는 햄을 좋아하는데 스팸이 가득 쌓여 있을 때, 토마토를 좋아하는데 냉장고에 방울 토마토가 가득 들어 있을 때, 겨울에 귤을 박스째 구입할 때, 그리고 이상하게도 수

분크림이나 에센스를 새로 구입했을 때, 이럴 때 마치 겨울 식량으로 도토리를 잔뜩 쌓아둔 다람쥐처럼 마음이 넉넉해지는 기분이다. 할아버지의 보물상자 역시 채워두었을 때 내 마음이 넉넉해지는 아이템 중 하나였다.

어느 발렌타인데이였다. 나는 할아버지의 보물상자에 맛있는 초콜릿을 채워드리고 싶은 생각이 들어, 아침부터 명동 롯데백화점에 가서 정말 커다란 초콜릿 한 상자를 샀다. 명동에서 분당까지 지하철을 타고 가려면 굉장히 멀고 또 두 번이나 갈아타야 한다. 그런데 아침 일찍 일어나 백화점에 가느라 당연히 아침은 못 먹었고, 초콜릿을 고르느라 시간을 너무 지체해버린 나머지 분당에 도착하려면 점심 시간이 훌쩍 지나버릴 텐데, 불행히도 그 기나긴 여정의 시작부터 배가 고파서 죽을 지경이었다.

가기 전에 뭔가를 조금 사먹을 수도 있었겠지만 나는 그러지 않았다. 그 이유인즉슨, 할아버지 댁에 가면 내가 좋아하는 음식만으로 채워진 진수성찬을 먹을 수 있기 때문이다. 나는 늘 할아버지 댁에 가기 전에 미리 전화를 걸어서 먹고 싶은 음식을 말해두었다. 그러면 할아버지 댁의 음식 솜씨 좋은 도우미 아주머니께서 내가 먹고 싶다고 말씀드렸던 음식을 아주 맛있게 해두셨기 때문에 할아버지 댁으로 가는 내내 기대하는 마음으로 설레곤 했다. 그래서 그날도 '얼른 할아버지 댁에 가서 맛있는 거 많이 먹어야지' 하고 생각하며 배고픔을 참고 있었다.

그러나 지하철 안에서 참으로 망신스럽게도 아무리 참아보려고 노력해도 배에서 꼬르륵 소리가 천둥처럼 울려퍼지는 것이었다. '이렇게 모두가 함께 쓰는 공공시설물 안에서 본의 아니게 옆사람에게 내가 민폐를 끼치는 게 아닌가' 싶기도 하고 또 '이대로 내버려두면 안 되겠다, 뭔가 대책을 세워야지' 하는 생각이 들어서 어떻게 할까 고민하던 중 갑자기 '초콜릿을 하나 먹는 게 어떨까' 하는 생각이 들었다.

'그래도 선물인데 내가 너무 뻔뻔하지?' 하고 생각했다가도 '할아버지께 드려도 어차피 반 이상은 내가 먹게 될 것이 분명한데 미리 좀 먹어도 되지 않을까? 지금 먹으나 나중에 먹으나 내가 먹는 건 똑같은데' 하는 생각이 들어서 조금만 먹기로 결정했다.

그렇지만 그래도 명색이 발렌타인데이 선물인데 아무래도 너무 뻔뻔스러운 것 같아 마음이 안 놓여서 3호선으로 갈아타며 할아버지께 전화를 했다. "할아버지…… 배가 너무 고파서 그런데 할아버지 선물로 산 초콜릿 중에서 하나만 꺼내 먹으면 안 될까? 어차피 이거 엄청 큰 통에 들어 있고 양도 엄청나게 많아서 내가 하나 먹어도 별로 차이 안 날 텐데……." 그러자 할아버지는 갑자기 웬 초콜릿 선물이냐고 물으셨다. 나는 발렌타인데이라서 할아버지를 위해 이른 아침부터 백화점에 가서 초콜릿을 사게 된 경위를 설명드리며, 그 초콜릿을 사기 위해 아침을 먹지 못했다는 것과 아무래도 할아버지 집까지 가려면 앞으로 머나먼 길이 남아 있는데 점심 시간에도 늦을 것 같고 지금 배가 몹시 고프다는 것에 대해 아주 구구절절하게 설명했다. 그러자 할아버지는 당연히 그렇게 하라고 말씀하셨다.

그래서 기쁜 마음으로 하나를 먹었다. 그런데 하나를 먹어보니 생각보다 너무 맛있는 것이었다! 그래서 하나를 더 먹었다. 그런 식으로 자꾸자꾸 먹어버렸다. 그러자 배가 좀 불러졌다. '내가 너무 많이 먹었나?' 하고 걱정이 되어 살짝 뚜껑을 열어보니까 별로 많이 먹지 않은 것 같아서 마음이 놓였다.

그렇지만 3호선에서 분당선으로 갈아타는 동안에 또다시 배가 고파졌다. 수서에서 내려 분당선으로 갈아타는 거리가 여간 긴 것이 아니라 나름 꽤 많이 걷는 동안 먹은 초콜릿이 전부 소화가 되어버린 것 같았다. 초콜릿을 조금 더 먹어볼까 하는 생각이 들었지만 그래도 명색이 선물인데 이러는 거 아니지 싶어서 참기로 했다. 그러나! 분당선에 타는 순간 또다시 배에서 꼬르륵 소리가 나기 시작하는 것이었다! 아무래도 안 되겠어서 나는 다시 할아버지께 전화를 걸었다. "할아버지 내가 정말 그만 먹으려고 했는데 조금만 더 먹으면 안 될까? 그래도 아직 양 많이 남았는데……." 당연히 할아버지는 더 먹어도 괜찮다고 하셨다. 나는 '진짜 딱 하나만 먹어야지' 하고 생각하며 초콜릿을 하나 꺼내 먹고, 또 '이번에야말로 진짜 딱 하나만 더 먹어야지' 하면서 하나를 더 꺼내 먹고 하다 보니 어느덧 절반 가량을 먹어버린 것이었다. 큰일났다 싶어서 걱정이 되기 시작한 나는 일단 먹는 것을 황급히 '스톱!' 했다.

할아버지 댁에 가기 전에 초콜릿을 새로 한 상자 살까 고민도 했지만, 어차피 할아버지는 초콜릿을 많이 드시지도 않을 것이고 그러면 어차피 내가 다 먹게 될 것 같아서 그냥 그만두었다. 그리고 그 절반 이상을 먹은 초콜릿 상자를 들고 할아버지 댁으로 갔다.

"할아버지! 이건 할아버지에게 드리는 발렌타인데이 선물이야~ 할아버지! 발렌타인데이가 뭔 줄 알지? 여자가 남자한테 초콜릿 주는 날이야. 그런데 내가 좀 많이 먹어버렸어."

할아버지는 기쁘게 받으셨다. 그리고 뚜껑을 열어보시더니 더 먹어도 된다고 허락해주셨다. 그렇지만 한번에 너무 많이 먹으면 뚱뚱해질 수 있으니 오늘은 그만 먹으라고 하셨다. 몸무게 1킬로그램 찌고 빠지는 것이 그 어느 것보다도 중대한 문제로 다가오던 스무 살의 나는 "할아버지! 내가 뚱뚱해?" 하고 물어보았다. 순간 실수했다 싶어진 할아버지는 아니라고 손사래를 치며 극구 부인하시며 뚱뚱해지기 전에 조심해야 된다는 뜻이었지만, 먹고 싶으면 얼마든지 더 먹으라고 하셨다. 그래서 나는 그날 할아버지랑 티브이를 보면서 남은 초콜릿의 절반 가량을 더 먹었다.

할머니 장례식

할머니가 돌아가셨던 날의 풍경은 아직도 어제 일처럼 생생하다.

할머니가 위독하시다는 소식을 받고 입원해 계시던 병원으로 갔다. 사실 며칠 전부터 위태로우셔서 가족들은 긴급사태에 대비해 늘 마음의 준비를 하고 있던 때였다. 전화를 받았을 때 분명 '돌아가실 것 같으니 지금 당장 병원으로 오라' 는 말을 들으신 것 같은데도 엄마는 나에게 그저 "할머니께서 조금 편찮으시대. 어서 가자"라고만 말씀하시는 것이었다. 엄마는 그 말씀만 남기고는 황급히 방으로 뛰어들어가 가족들의 검정색 옷을 찾았다. 나는 예감이 좋지 않아 따지듯이 "엄마! 왜 검정색 옷을 찾아?" 하고 물어보았다. 너무 극단적으로 무서운 일이 생기면 아무렇지도 않은 듯 행동하는 평소 엄마의 특성대로 "아니 그냥~ 그냥 한번 찾아보는 거야" 하시며 자꾸 딴청을 피우는 것이었다. 나는 답답해서 "그럼 나는 검정색 말고 다른 색 옷으로 입고 갈래! 왜 자꾸 검정색 옷을 입으라고 그러는 거야! 싫어!" 하고 화를 냈다. 그러자 엄마는 "혹시 모르니까 검정색 옷을 입는 게 좋지 않을까? 당연히 오늘은 아무 일도 없겠지만 원래 연세가 많이 드신 분들은 항상 조심을 해야 하니까……" 하면서 말도 안 되는 소리를 하시는 것이었다. 그때 방에서 아빠도 검정색 양복 한 벌을 단정하게 입고 나오셨고, 나는 할 수 없이 엄마가 입으라는 대로 검정색 옷을 단정하게 입었다. 차를 타고 가는 길에 엄마는 아무도 안 들어주는데 혼자서 계속 "아무 일도 아닐 거야. 원래 연세 많은 분들은 간혹 이런 고비가 있던데 주변에 보니까 이런 고비를 몇 번씩이나 넘겨야 무슨 일이 나더라구……. 우리 어머님은 아직 이런 일 한 번도 없으셨잖아. 아마 괜찮으실 거야" 하며 아무렇지 않게 행동하려고, 보기에도 애처로울 만큼 아빠와 나를 위로하셨다. 마치 모르는 척하면 그 일이 일어나지 않을 거라는 듯이. 그러나 우리가 아무도 대답을 하지 않자 지치셨는지 곧 조용해지셨다.

이윽고 병원에 도착하여 병실 문을 열었을 때, 병실은 텅 비어 있었고, 휴지가 여기저기 널려 있고 뭔가 상당히 어지럽혀져 있다는 느낌을 받았다. 그 상황에서는 누구든지 무슨 일이 벌어진 것이라는 생각을 할 것이다. 앞에서도 말했듯, 너무 무서운 순간에 아무렇지도 않는 척하는 습관을 가진 엄마가 떨리는 목소리로 "아니 어머님이 어디 가셨지? 화장실에 가셨나?" 하시는 것이었다. "화장실은 병실 안에 있잖아!" 하고 나도 떨리는 목소리로 말했다. 아빠는 그런 어지러운 병실을 보시자마자 데스크에 물어보러 가셨고, 엄마와 내가 당황하여 우두커니 서 있는데 옆 병실의 문이 열리더니 어떤 아주머니께서 나오셨다. 그 아주머니는 다정하게 우리를 바라보시다가 부드러운 목소리로 "여기 계시던 할머니 새벽에 영안실로 가셨어요" 하고 말씀하셨다. 그러자 엄마가 "네? 어디로 가셨다구요?" 하고 다시 묻자 안됐다는 표정으로 엄마 손을 잡으시며 "영안실이요" 하고 말씀하셨다. 엄마가 또 아무렇지도 않은 목소리로 "아빠 좀 불러봐" 하시는데, 데스크에서 소식을 들으신 아빠가 우리에게 덤덤한 목소리로 영안실로 가자고 말씀하시는 것이었다.

엘리베이터를 타고 일층으로 내려오면서 엄마랑 나는 소리를 내지 않고 조용히 울었다. 그것은 아빠가 너무 충격을 받으실까봐 걱정되어서 나름 아빠를 배려한 행동이었다. 사실 전날 아빠는 할머니 병실에 갔다가 '이제 어머니가 정말 얼마 안 남았구나……' 하는 생각을 하셨다고 한다. 그래서 불안한 생각이 들어 오늘 밤은 여기서 자고 갈까 했다가 '설마 무슨 일 있겠어?' 하고 생각하며 그냥 집으로 오셨는데 아무래도 그 일을 후회하고 계신 것 같았다. 그날 집으로 돌아오신 아빠는 우리에게 괴로운 표정으로 "오늘 본 어머니의 모습은 아마 평생 내 가슴 속에 새겨져 절대로 잊지 못할 거야" 하고 말씀하셨다. 그 일을 떠올리시는지 계속 혼잣말로 "그냥 자고 오는 건데……" 하고 중얼거리셨다. 그렇기 때문에 아무리 슬퍼도 나는 차마 큰 소리로 울 수가 없었다.

커다란 종합병원에서 누군가가 너무나 슬프게 울고 있으면 사람들은 다들 뭔가를 짐작하게 마련이라, 모두들 참 불쌍하다는 표정으로 나를 쳐다봤다. 처음 그곳에 갔을 때는 식구들이 연락을 받고 오고 있는 중이라, 눈이 새빨간 큰고모랑 보라언니밖에 없었다. 내가 울면서 걸어가자, 울고 있던 보라언니가 나를 다정하게 반겨주었다. 아빠는 어디론가 가셨고, 엄마는 큰고모를 따라서 상복으로 갈아입으러 가셨다. 내가 의자에 앉아서 울고 있는데 누군가 나를 아주 다정하게 안아주는 것이었다. 나는 누군지 금세 알아차렸다. 할아버지였다. 할아버지가 부드러운 음성으로 "괜찮다 울지 마라" 하시는데 나는 머리카락이 곤두설 정도로 큰 충격을 받았다. 할아버지가 울고 계셨던 것이다. 나는 태어나서 할아버지가 우시는 모습을 그때 처음 보았다. 할아버지가 울고 있다는 사실이 무서워서 나는 또 울었다.

나는 모든 것이 너무 마음이 아파서 미쳐버릴 지경이었다.

제일 먼저 할아버지가 검은색 양복을 입고 계시는 것이 마음이
아팠다. '저 검은색 양복을 누가 입혀드렸나? 고모가 와서 입
혀드렸나? 아님 새벽에 전화를 받고 혼자 검은 양복을 찾아서
입으신 걸까?' 하는 정말 쓸데없는 생각들이 머릿속을 맴돌았
다. 그 다음으로 마음이 아팠던 것은 할아버지께서 진지를 잡수
시는 모습이었다. 이 슬픈 와중에도 할아버지가 너무 배가 고프
고 기운이 없으니까 할 수 없이 뭔가를 드신다는 것이 마음이 아
팠다. 할아버지가 숟가락으로 밥을 뜨셨을 때, 난생 처음으로
할아버지 숟가락 위에 반찬을 올려드렸다. 정말 나도 모르게 나
온 행동이었다. 왠지 내가 할아버지를 챙겨야 한다는 생각뿐이
었다. 할아버지는 할머니가 없으면 아무것도 못하는 어린애 같
은 분이었다. 그래서 나는 할아버지가 불쌍해서 미쳐버릴 지경
이었다. 단둘이 있을 때 내가 할아버지 손을 잡으며 "할아버지!
할아버지 오래 살아야 돼! 그래야 내가 할머니 몫까지 효도할
게" 하고 말씀드렸다. 그러자 할아버지가 내 손을 꼭 잡아주시
며 "그래 할아버지는 오래 살 거다" 하시며 우셨다. 할아버지
께서 차분하게 손님들을 맞이하시는 모습도 슬펐다. 어른들과
남자 형제들은 장례식장에서 밤을 샜는데 여자들과 할아버지는
집으로 돌아갔다 다음 날 새벽에 다시 나가고 이런 식이었다.

그날 밤 나는 보라언니랑 할아버지랑 할아버지 댁으로 돌

아갔다. 집으로 와서 할아버지가 잠깐 거실의 안락의자에 앉아
계시다가 침실로 들어가셨다. 그 모습도 나는 슬펐다. 할머니
없는 집에 혼자 계시는 것이 슬펐다. 이제 앞으로 할아버지는
누구랑 사나…… 할아버지는 누구랑 웃고, 산책하고, 밥 먹
고, 부부싸움을 하나…… 하는 잡다한 생각들에 마음이 아팠
다. 다음날 새벽 샤워를 하고 머리를 말리다가 보라언니가 내
앞머리에 드라이를 해줬는데 그만 드라이를 너무 심하게 해서
앞머리가 유니콘의 뿔처럼 동그랗게 솟아버렸다. 그 슬픈 와중
에 갑자기 유니콘의 뿔을 달고 있는 듯한 나의 모습이 굉장히 코
믹한 일로 여겨져 웃음이 나와서 그만 우리는 엄청 웃어버렸다.
할머니가 돌아가셨다는 것이 실감이 안 나고, 할머니가 이 세상
에 없다는 것도 실감이 나지 않아서 별로 슬프지 않게 여겨졌
다. 그러나 다시 우리는 우리가 웃었다는 죄책감에 빠져 침울해
졌다. 보라언니가 아침을 차렸는데 우리는 너무나 침울해져서
울면서 아침을 먹었다. 아침을 먹고 차를 타고 다시 병원으로
가는데 창밖으로 교복을 입은 고등학생들이 지나가고 있었다.
'다들 학교에 가는구나' 하는 생각이 들어서 또 슬펐다. 할머
니가 돌아가셨는데 세상이 너무 아무렇지도 않게 잘 돌아가고
있다는 사실이 슬퍼서 울었다. '내가 나중에 결혼해서 자식을
낳으면 그 아이들은 우리 할머니라는 한 사람이 이 세상에 살다

가 죽었다는 사실도 모르겠지' 하는 생각이 들어 또 슬퍼졌고 그래서 울었다. '내가 나중에 손자 손녀가 생기면 우리 할머니가 나한테 해준 것처럼 나도 그 아이들에게 할머니의 사랑을 베풀어주겠지?' 하는 생각이 들어서 또 슬퍼져 울었다. 할아버지가 평소 드라이브를 아주 좋아하시는데, 차를 타고 가면서 오늘만큼 슬펐던 적은 없겠지? 하는 생각이 들어서 또 슬퍼져 울었다. 그런데 가는 도중에 기름이 떨어졌다. 그래서 어쩔 수 없이 주유소에 들러야 했다. 그런데 그 주유소의 아르바이트 생이 뽐내듯이 롤러브레이드를 타고 오다가 우리 차 앞에서 그만 넘어지고 말았다. 그 모습이 또 굉장히 코믹하게 여겨져 나는 울고 있다가 큰 소리로 웃음을 터뜨리고 말았다. 울고 있던 보라 언니도 웃음이 터져 나오는지 황급히 입을 틀어막더니 내 옆구리를 막 찔렀다. 나는 그게 또 간지러워서 웃어버렸다. 한참을 웃고 나서 슬며시 할아버지를 쳐다보자, 할아버지는 우리의 웃음소리가 들리지 않는지 멍하니 창밖을 바라보고만 계셨다. 그 모습을 보니 또 할아버지께 죄송해서 울었다.

　나는 장례식 내내 할아버지만 따라다녔다. 그래서 할아버지가 울면 나도 울고, 할아버지가 밥을 먹으면 나도 먹었다. 할아버지뿐 아니라 아빠도 불쌍해 보여서 아빠가 밥을 먹을 때 왠지 옆에 있어드려야 할 것 같아서 나도 먹었다. 그런 식으로 엄마 먹을 때도 먹고, 좀 불쌍해 보이는 사람이 먹으면 왠지 옆에 있어줘야 할 것 같아서 또 먹었다. 그러자 장례식이 끝날 무렵 원래는 힘들어서 살이 빠져 있어야 하는데, 나는 오히려 살이 쪄 있었다.

한번은 아빠가 할아버지께, "아버지 이제 저희랑 삽시다. 아버지가 자식하고 같이 사는 게 싫으시면 저희 동네에 아파트 구해서 저희 집 근처에 사세요. 그래서 밥 먹을 때마다 오시고, 밤에 무서우시면 오시고, 평소에는 또 아버지 집에 혼자 계시고 하면 됩니다" 하고 말씀하시는 것을 엿들었다. 그러나 할아버지는 고개를 저으시며 생각해보겠다고만 말씀하셨다. 그리고 역시 할아버지는 그냥 혼자 사셨다.

할머니가 돌아가시던 날 나는, 할아버지는 이제부터 내가 지켜드려야지 하고 마음먹었다. 그러나 그때는 고등학생이었기 때문에 학교 다니느라 지켜드리기는커녕 일 년에 한두 번 겨우 뵙는 정도였다. 대학에 가서는 처음에는 대학에 적응하느라 힘 들어서 할아버지 댁에 못 갔다. 적응을 하고 나서는 동아리 활동 을 비롯하여 대학생이 되고 나니 재미있는 것들이 너무나 많았 다. 그래서 여기저기 놀러 다니느라 할아버지 댁에 못 갔다. 늘 마음속 한구석에 죄책감이 있었지만, 할아버지는 아주 오래 사 실 줄 알았다. 매번 간다고 했다가도 "할아버지 우리 엠티 가!

다음에 갈게~ 할아버지 나 시험 기간이야! 다음에 갈게~ 할아버지 요즘 대학교에서 무슨 행사를 해! 다음에 갈게~ 나도 할아버지가 너무 보고 싶은데 요즘 너무 바쁘고 정신이 없어! 다음에 갈게~" 늘 이렇게 말했다. 그럴 때마다 할아버지는 "그래. 너 좋을 대로 해라…… 그래 너 편한 대로 해야지 무리하지 말 거라……" 하고 말씀하시는 것이었다. 나는 정말 할아버지는 아주 오래 사실 줄 알았다.

지금 생각해보면 모든 것이 후회가 된다. 좀더 잘해드리고, 더 많은 시간을 함께 보내고, 대화 상대가 되어 할아버지가 외롭지 않게 내가 잘했어야 하는데 마음이 너무 아프다. 하지만 후회하면 끝이 없으니까 그냥 잊으라고 아빠가 말씀하신다. 나는 아직도 할아버지, 할머니라는 단어만 들어도 눈물이 난다.

第1

유미 보아라.

하모 잘 다녀가고 엄마 아빠 말 잘
듣고 재미있게 지내고 있었지? 할머니
할아버지도 잘 있고, 고모 고모부 재벌
이 오빠 재홍이 오빠도 다들 잘 있
고 아빠 큰엄마, 그리고 현주이도 잘
있다. 방학이 늦게 ... 했고, 기다려
지는구나. 방학이 되면 유미가 서울에
... 할머니 할아버지과 함께 놀다 갈
수 있으니까 엄마 시험칠때 잘 생각

第2

해서 생활이고 형제보며 답안을 쓰도록
하여라. 유미가 오늘 읽은 재미나는 책
있으면 약 ...고. 친구들과 사귀면서 재
미 ... 있었거나 집에서 엄마 아빠랑
재미나는 일 있었으면 약 주어라. 그
럼 오늘은 이만 —— 유미의 편지을
기다리며.

6월 15일

할머니 할아버지 가

유미에게

할머니를 위한 변명

할머니 하면 떠오르는 것이 아주 많다.

우선 할머니는 무척 여성스러웠다. 예전에는 어려서 잘 몰랐지만 지금 와서 생각해보면, 한 남자와 결혼하여 평생이라는 긴 시간을 함께 보내는 동안 어쩜 그렇게 단 하루도 흐트러짐 없는 모습을 유지할 수 있었을까 하는 생각에 놀랍고 할머니가 존경스럽다. 누구든 결혼을 해서 살다 보면 아무리 사랑했던 사람들이라 할지라도 세월이 지나감에 따라 서로에게 익숙해지고 편안하게 되어 흐트러지고 망가진 모습을 보이게 마련인데, 할머니는 단 하루도 빼놓지 않고 누가 있든 없든 간에 한결같이 단정하고 깨끗한 모습이었고, 할머니에게선 늘 기분 좋게 은은한 향기가 났다.

또 할머니는 평생 동안 언제나 규칙적인 생활을 하셨다. 아

침에 일찍 일어나면 제일 먼저 기도를 하시고, 아침 체조를 하
신다. 그 뒤 부엌으로 가서 아침을 준비하시고는, 할아버지와
함께 거실에서 티브이를 보시며 빵과 수프 또는 죽 같은 것으로
간단한 아침 식사를 하셨다. 그 뒤 할아버지는 시를 쓰신다거나
독서를 하시거나 때로는 제자들을 만나시거나 하는 동안 할머니
는 집 안을 말끔하게 청소하고, 점심 준비를 하고, 화분에 물주
고 또 거북이 밥을 주는 등의 집안일을 하신다. 나는 (나나 사촌들
이 어질러놓을 때를 빼곤) 단 한 번도 할아버지 댁이 어지럽혀져 있
거나 더러웠던 걸 본 기억이 없다. 그다음 점심 식사 후, 산책을

다녀오시고 샤워를 하신다. 그리고 집에서 조금 쉬시다가 장을 봐오셔서 저녁 준비를 하고, 저녁 식사 후에는 늘 가계부 정리를 하며 일기도 쓰셨다. 그래서 또 나는 단 한 번도 할머니가 할 일 없이 빈둥대시는 모습을 본 적이 없다. 내 기억 속에 할머니는 언제나 필요 이상으로 부지런한 사람이었다.

그때는 할머니들은 원래 다 저렇겠지…… 하며 대수롭지 않게 생각했는데 지금 생각해보니 정말 아무나 할 수 없고, 하기 힘든 일이었다. 그리고 할머니의 가장 좋은 점은 너무 순수하고 귀여우셨다는 것이다. 할머니는 어른이지만 이상하게도 전혀 어른 같지가 않았다. 언제나 어린아이인 내 말에 귀를 기울여주시며, 나와 똑같은 위치에서 생각하고 항상 내 편을 들어주셨다. 내가 어떠한 말도 안 되는 소리를 하더라도 모두 다 믿어주시고, 버릇없이 굴어도 한 번도 야단을 치셨던 적이 없었다. 그래서 나는 이 세상에서 우리 할머니가 제일 좋았다. 그뿐 아니라 할머니의 맑은 영혼만큼이나 할머니는 평생 남편 앞에서 단 한 번도 원초적인 실수를 하지 않으셨다! (이를테면 가스 같은 것) 절대로! 그것은 자식들 앞에서나 손자들 앞에서도 마찬가지였다. 아마 혼자 있을 때도 그러지 않았을까 싶을 정도로 주의에 주의를 기울이시는 타입이었다. 그래서 나는 어렸을 때 할머니는 그런 더러운 것은 태어날 때부터 절대 절대 하지 않는 사람인 줄 알고 있었다.

다시 말해 나는 할머니만큼 사랑스럽고 귀여운 여인을 본 적이 없다. 할머니는 평생 동안 언제나 한결같이 사랑받고 싶고, 예쁘게 보이고 싶은 여자였던 것 같다. 그것이 얼마나 큰 행복인지 나는 잘 알고 있다. 나뿐만 아니라 잘 보이고 싶은 남자가 있다는 것이 얼마나 큰 즐거움인지 여자라면 누구나 다 알 것이다. 그런 이성이 있다는 것은, 세상이 화사하게 느껴지고, '그 사람이 나를 예쁘다고 생각할까?' 하는 고민은 때로는 조바심을 동반한 고통이기도 하지만, 하루하루를 무료하지 않고 행복으로 가득 차게 해주는 요술과도 같은 행운이기 때문이다. 예전에 어느 책에서 읽었는데 여자는 남자와 결혼하는 것이 아니라 남편하고 결혼하는 것이라고 했다. 그런데 내가 보기에 할머니는 남편이 아니라 남자하고 결혼하는 행운을 누린 여자인 것 같다. 때로는 할머니가 나에게 할아버지가 다정하지가 않다느니, 시인으로선 어떨지 몰라도 남편으로는 빵점이라느니, 이런 불평을 늘어놓으실 때도 있었다. 지금 같으면 나도 컸으니까 맞장구도 쳐드리고 좋은 대화 상대가 되어드릴 수 있을 것 같은데, 그때는 너무 어려서 그저 고개를 갸우뚱거리며 딴소리만 했던 게 후회가 된다. 하지만 그것은 귀여운 투정이고 할머니는 평생 할아버지를 남자로도 사랑했던 것 같다. 그래서 나는 할머니가 돌아가시는 순간까지 물론 힘든 순간도 있었겠지만, 기본적으로는 행복으로 가득 찬 삶이었을 거라고 확신하기 때문에 기쁘다.

아무튼 그 일이 벌어진 것은 한여름의 어느 날이었다. 정숙한 할머니가 일생일대 최대의 실수를 한 바로 그날 말이다!

할머니와 할아버지는 늘 거실에서 티브이를 보셨다. 거실의 가장 왼쪽에 커다란 안락의자가 있었는데 그것이 할아버지의 자리다. 거기는 꼭 할아버지만 앉으시는 것이 무슨 법칙처럼 되어 있어, 친척들이 모두 모여도 그 의자에는 아무도 앉지 않는 그런 곳이다. 그리고 오른편에 커다란 소파가 있다. 거기는 할머니 자리다. 친척들이 모이면 누구나 거기에 앉는다. 내가 할아버지 댁에 놀러 가면 나와 할머니는 그 소파에서, 할아버지는 할아버지 안락의자에서 함께 티브이를 보곤 했다. 그날은 아빠가 '실크로드' 라는 비디오 시리즈를 할아버지께 빌려드려서, 우리 세 명은 그 '실크로드' 시리즈를 보고 있었다.

날씨는 여름이라 무척 더웠다. 그 '실크로드' 라는 비디오는 딱히 줄거리가 있는 것이 아니었다. 봐도 그만 안 봐도 그만인 내용들의 연속이어서 할머니는 중간에 부엌으로 가서, 할아버지와 나를 위해서 수박화채를 만드셨다. 할머니는 수박 윗부분을 떼어 뚜껑을 만드시고, 다음으로 수박을 마구 퍼낸 뒤 다시 수박 자른 것들, 각종 과일, 통조림, 설탕, 사이다 등을 부어 맛있는 수박 화채를 만들어 오셨다. 우리는 그것을 먹으며 다시 '실크로드'를 보고 있었다.

그런데 갑자기 '뽀옹' 하는 귀여운 소리가 났다. 범인은 확실했다. 소리가 우리 쪽에서 났는데, 내가 아니니까 나머지 한 명이 당연히 범인이지 않겠는가! 나는 그런 일을 겪어보기는 난생 처음인지라 너무 즐거워서 그만 크게 웃으며 이게 대체 무슨 소리냐고 호들갑을 떨었다. 그러자 할머니가 무척 당황스러운 표정을 감추지 못하며 두 손으로 내 입을 황급히 막고는 발로 내 다리를 마구 때리는 것이었다. 나는 할아버지한테 살려달라고 소리를 질렀는데 그때 갑자기 할머니가 한 가지 꾀를 내셨다. 갑자기 할머니가 오히려 더 크게 웃으시며, 무슨 숙녀가 그런 실수를 하냐고 나를 나무라시는 것이었다. 나는 너무 황당하고 기가 막혀서 울고 싶어졌다. 내가 할아버지한테 그런 게 아니라고 진실을 말하려 하자 할머니가 또다시 내 입을 틀어막으며 말을 못하게 하셨다.

나는 삐쳐서 방으로 들어갔다. 혼자 방에 쭈그리고 앉아서 씩씩거리고 있으니까 할머니께서 따라 들어오셨다. 내가 "할머니 왜 거짓말해! 할머니가 해놓고 왜 내가 그런 척해!"하고 말하자, 할머니는 또다시 딴청을 피우시며 니가 한 거 아니었냐고 그러시는 것이었다. 나는 너무 화가 나서 할아버지한테 다 이를 거라고 말했다. 그러자 할머니는, 처음에는 내 눈치를 약간 살피시더니 이윽고 오히려 더 화를 내시며, 할머니는 평생 누구 앞에서 그런 실수를 한 적이 없는데 모든 게 나 때문이라고 말씀하셨다. 너만 오면, 니가 이리저리 왔다 갔다, 뭐라고 쫑알쫑알대면서 하도 할머니 혼을 쏙 빼놔서 도저히 정신을 차릴 수가 없다고, 그러니까 니 책임도 있는 거라고 말씀하시는 것이었다. 계속 방에만 있으면 할아버지가 이상하다고 생각하실지 모르니 나와 할머니는 둘 다 씩씩거리며 일단은 다시 거실로 나와 소파에 앉아 비디오를 계속해서 보기로 했다. 그런데 원래 할아버지는 관심이 있는 분야가 아니면 옆에서 사람이 죽어도 전혀 모르는 분이었기 때문에 대체 무슨 일이 있었는지, 심지어 우리가 방에 들어갔다 나왔는지도 모르고 계셨던 것이 아닌가! 할머니는 안심하시는 눈치였고 나도 겨우 화가 누그러지면서 진정하고 다시 티브이에 몰두했다. 그런데 또 이상한 소리가 나는 것 같았다. 잘못 들었는지 어떤지 모르지만 나는 분명히 할머니가 또 실수를 하신 거라고 생각했다. 나는 마음이 아프기도 하고 갑자기 정의로운 마음이 샘솟은 나머지 큰 소리로, 할아버지

귀에도 들릴 만큼 큰 소리로! "할머니! 걱정하지 마! 그냥 내가 뀌었다고 해줄게!" 하고 내 한 몸 희생하여 할머니를 위한 변명을 해드렸다. 내가 그 말을 함으로써 아무것도 모르고 계시던 할아버지께서 마침내 모든 사태를 파악하게 되고 말았다는 슬픈 이야기다.

마지막 데이트 신청

어느 노을이 지는 붉은 오후라든지⋯⋯ 잠이 안 오는 검은 한밤중이라든지⋯⋯ 혹은 할머니 손을 잡고 지나가는 어린아이들을 마주할 때라든지⋯⋯ 나에게는 그럴 때마다 슬그머니 떠오르는 어떤 장면이 있다. 오래전, 유난히도 유별나게 어리광이 심했던 나의 머리맡에 앉아서 때로는 바느질을 하시며 때로는 내 머리를 쓰다듬어주시며 오르간처럼 맑고 부드러운 목소리로 이루 말할 수 없이 흥미로운 옛날이야기를 들려주시던 할머니의 단아한 모습을 나는 도저히 잊을 수가 없다.

할아버지, 할머니 두 분 다 너무 갑작스레 돌아가시는 바람에 가족들은 자신의 잘못을 만회할 기회가 미처 없었다고 나는 늘 생각했다. 그나마 할머니에게는 3개월이라는 시간이 있기는 했었다. 몸이 너무 안 좋으셔서 병원에 갔더니 암이라고 했고

120

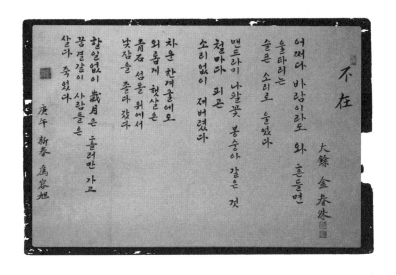

앞으로 3개월에서 6개월 정도 남았다고 했다. 물론 가족들은 할머니한테 비밀로 했고 다행히도 할머니는 자신이 얼마나 심각한 병에 걸려 있는 줄 꿈에도 알지 못하셨다. 나중에 할머니가 돌아가시고 할아버지는, 병원이란 참 이상한 곳이라고, 그렇게 건강하던 사람한테 3개월이라 해서 믿지 않았는데 정확히 알아맞췄다고 잔인하면서도 신기하고 영리한 곳이라고, 나에게 두고두고 입버릇처럼 한탄처럼 말씀하시곤 했다. 그럴 때마다 나는 할머니라는 돌아가신 분을 화제로 삼는 것 자체가 어색하고 슬프고 왠지 싫었기 때문에 늘 그런 종류의 대화를 애써 외면하거나 못 들은 척하면서 딴청을 피워대곤 했다. 할아버지가

할머니에 대한 이야기를 나누는 것만으로도 할아버지 가슴속의 아픔을 나눌 수 있고 한결 마음의 위안을 얻을 수 있다는 걸 내가 모르는 것도 아니었는데, 내가 왜 그 말 하나 들어드리지 못하고 딴청을 피워대며 애써 외면했는지 아직까지도 나 자신이 너무 밉고 생각하면 생각할수록 마음이 아파온다.

할머니는 내가 고등학교에 입학한 해 4월에 돌아가셨다. 나는 그때의 기억이 아직까지도 생생하다. 고등학교에 입학하고 처음에 낯을 많이 가리던 나는 중학교에서 함께 진학한, 원래부터 절친했던 친구 딱 한 명밖에 친구가 없는 상황이었다. 그 친구도 그랬고! 게다가 우리는 짝까지 되는 바람에 더욱 다른 친구를 사귈 필요도 못 느꼈고 사귀고 싶지도 않았던 것이다. 그래서 우리는 서로가 서로를 위해 절대 결석하거나 지각하거나 조퇴를 하지 말자고, 그럼 나머지 한 명이 왕따가 되지 않겠느냐고 굳게 맹세했다. 그리고 그 맹세를 하자마자 바로 그다음 날 할머니가 돌아가셔서 나는 내리 3일을 결석해야 했고 그동안에 내 친구는 외톨이 신세를 면할 수 없었다.

중학교 2학년 여름방학 때 할머니 댁에 놀러 갔을 때다. 나는 초등학교에 들어가는 순간부터 방학 때마다 할아버지 댁에서 일주일 이상 지내는 것이 무슨 약속이자 의무처럼 되어 있었다.

그것은 할아버지 할머니의 즐거움이자 행복이었고 동시에 나에게는 달콤한 휴식이자 내 멋대로 모든 것을 할 수 있는 꿈 같은 시간이었다. 아무튼 그 여름, 할머니와 내가 저녁을 엄청나게 많이 먹은 적이 있었고, 우리는 배가 터질 것같이 불러서 함께 산책을 하기로 했다. 이상하게도 늘 같이 지내며 많은 시간을 함께 보냈음에도 불구하고 할머니와 내가 단둘이 산책을 했던 적이 그 전에도 그 후에도 없고 그때 딱 한 번뿐으로 기억한다. 내 기억의 문제인지 뭔지는 모르겠지만 내 기억 속에서 할머니와의 산책은 그거 딱 한 번뿐인 것이다. 우리는 팔짱을 끼었다가 다시 손을 잡았다가 하면서 끝없이 끝없이 걸으며 참 많은 이야기를 나누었다. 주로 내가 고민거리나 친구 문제라든지 성적, 그밖에 아무한테도 말하지 못했던 이야기들을 할머니에게 술술 털어놓았고, 그때마다 할머니는 오직 내 편이 되어서 나보다 더 많이 화가 나기도, 칭찬을 해주시기도, 충고를 해주시기도 했던 것이다. 아무튼 정말! 정말 멋진 데이트였다. 그날 집으로 돌아가는 길에 할머니는 나에게 자랑스럽다고 말씀해주셨다. 네가 할머니의 손녀인 게 자랑스럽고 기쁘다고, 그리고 이 순간이 너무나 행복하고, 이 세상 무엇에도 비길 수 없을 만큼 많이, 아주 많이 너를 사랑한다고⋯⋯.

　우리는 이런 시간이 얼마나 소중하고 행복한지에 대해 동의하고 앞으로도 이런 시간을 많이 많이 갖자고 약속했다. 그렇지만 내가 학생이다 보니 공부도 해야 하고 학원도 다녀야 해서 시간이 없으므로 대학에 가고 나면 이런 시간을 자주 갖자고 그렇게 약속했다.

그 다음 해에 또 할머니 댁에서 방학을 보내게 되었는데 그때도 여름이었고 꼭 작년의 그날 저녁 같은 저녁이었다. 티브이에서 내가 좋아하는 가수들이 나오고 있었다. 몰두해서 그것을 보고 있는데 할머니가 방으로 들어오시더니 "유미야 할머니랑 산책하지 않을래?" 하고 말씀하시는 것이었다. 나는 "아니 지금 내가 좋아하는 가수들이 나오는데? 그냥 이거 볼래" 하고 말했다. 할머니는 잠시 문지방에 서서, '티브이는 다음에 보고 저번처럼 함께 산책을 갔으면' 하는 생각을 하시는 듯하더니 곧 "그래 할머니가 문 잠그고 다녀올 테니 신경 쓰지 말고 재미있게 봐" 하고 말씀하시며 혼자 나가셨다. 쟤가 학교 다니느라 학원 다니느라 집에서는 마음대로 티브이도 못 보겠지…… 하는 생각에 안쓰러워하시며 뭐든지 내 마음대로 하게 해주시는 할아버지, 할머니였다. 나는 그 순간 내가 뭔가를 크게 잘못하고 있는 거고, 나중에 분명히 이 일을 굉장히 후회하게 될 시간이 올 거라는 막연한 생각이 들었다. 그리고 영 마음이 개운치가 않은 것이었다.

할머니가 암이고 생명이 얼마 안 남았다는 청천벽력 같은 소식을 처음 접했을 때 역시나 처음 든 생각이 바로 그때 내가 산책을 같이 안 갔다는 사실에 대한 후회였다. 다른 잘못한 일도 많은데 내 뇌리에는 그 일이 아주 큰 잘못으로 자리잡혀 있었던 모양이다.

그해 3월에 할머니를 찾아갔을 때 할머니는 내가 아는 우리 할머니의 모습이 전혀 아니었다. 너무도 야위고 말라버린 할머니를 차마 눈 뜨고 보기 힘들었다. 태어나는 순간부터 할머니와 손녀로 만나 서로가 서로를 마음속 깊은 곳에서부터 사랑했고, 그 세월만큼이나 깊이 쌓인 정과 믿음, 신뢰, 우정 이런 것 때문인지 어떤지 나는 어떤 직감으로 이번 만남을 끝으로 왠지 다시는 할머니를 보지 못하게 될 것 같다는 느낌을 온몸으로 강렬하게 받았다. 직감이라는 것은 참 무서운 것이었다. 그냥 그렇겠지 하는 막연함이 아니라 소름끼칠 정도로 선명하게 드는 확신이었다. 집으로 돌아갈 때 할머니도 같은 생각이셨는지 우리 유미 한번 안아보자며 두 팔을 벌려 나를 꼭 안아주셨다. 그리고 정말 그것을 끝으로 나는 할머니를 보지 못하게 되었다.

나는 아직도 후회하고 있다.

추억이 나를 키웠다

곤충의 눈

어딘가
소리 있는 곳으로 귀 기울이는
예쁘디예쁜
열린 창이여.

꽃이슬에 젖은
새벽길 위에 서서
그 많은 소녀들은 아직도 기다리고
있을까.

단 한 번인 목숨
누구를 위하여도 버릴 수 없는
그 자라가는 소녀들의
열린 창이여.

1999년 새봄
손녀 유미 중학 졸업을 축하하며
할아버지 김춘수

내 딸을 만능 스포츠 우먼으로!

엄마는 내가 초등학교에 입학하기 전, 내가 학교에 들어가면 만능 스포츠 우먼이라는 소리를 듣게 해야겠다고 결심을 하셨다. 그리고 동네 스포츠 센터에 모조리 등록을 하셨던 것이다. 덕분에 나는 수영과 태권도와 무용을 배우게 되었다. 수영은 다닌 지 한 달도 채 안 되어서 중이염에 걸려 그만두게 되었다. 그리고 무용은 같이 다닐 친구가 없어서 또 그만두게 되었다. 그래서 마지막 남은 것이 태권도였다.

그 당시 같은 라인의 3층에 J라는 소년이 살고 있었다. 엄마는 그 집 아주머니와 아주 절친한 사이였고, J는 나와 동갑으로 소꿉친구 같은 개념의 별로 안 친한 친구였다. 극도로 소심하고 낯을 심하게 많이 가렸던 나와는 달리, J는 성격이 밝고 활발하여 동네의 모든 아이들과 친하게 지냈다. 그래서 엄마는 J

처음 태권도를 다니기
시작할 때

와 나를 친한 친구로 만들어야겠다고 결심하고 J 어머니께 특별
부탁을 하셔서 우리는 미술학원, 피아노 학원 등 모든 곳에 함
께 다니게 되었다. 그러다 J가 여러 가지 스포츠를 배우는 것을
알게 된 엄마가 참을 수 없어진 나머지 나까지 태권도 도장에 다
니게 했던 것이다.

　　J와 나는 같은 초등학교에 입학하게 되었는데 그때 J와 내
가 다른 반이 되었다고 상심하시던 엄마의 그 실망스러운 얼굴
을 아직까지도 잊을 수가 없다. 엄마는 운동장에 걸린 반 배정
표를 걱정스러운 얼굴로 쳐다보시며 "어머 어떡하니…… 같은

반이 됐어야 하는데 정말 어떡하니…… 우리 유미가 혼자서 학교를 다닐 수 있을지……" 하고 계속해서 한탄하셨다.

아무튼 그러한 이유로 태권도 도장에 다니게 되었던 나는 매일같이 마치 도살장에 끌려가는 소처럼 눈물을 뚝뚝 흘리며 기어가다시피 스포츠 센터를 향해 걸어갔던 것이다. 그도 그럴 것이 그 당시 나는 태권도는 남자들만 하는 운동이라는 확신이 있었다. 나의 눈에 비친 태권도는 절대 여성스러운 것이 아니었고 그래서 더욱 경멸스러웠고 내가 그런 남성적인 운동을 배워야만 한다는 데 환멸을 느낄 정도였다. 그러므로 나는 태권도로 인해 여자로서의 자아를 완전히 상실한 듯한 느낌이었다.

처음 간 날은 도장 전체에서 여자라고는 나 하나였다. 얼마나 놀랐던지 정말 죽고 싶은 마음뿐이었다. 첫날 남자애들은 여자애가 온 것을 보고 놀라기도 하고 한편으론 장난기가 발동해 나를 괴롭히기 시작했다. 그런데 내가 예상 외로 무시무시하게 큰 소리로 도장이 떠나갈 듯이 울고불고 대성통곡을 하며 난리법석을 떨자 도장에 있던 모든 선생님들이 달려나와서 대체 무슨 일이냐고, 얘는 또 왜 우냐고, 누가 얘를 울렸냐고 아이들을 다그치셨다. 나는 목이 메어서 제대로 말도 못 하고 모든 애들이 다 같이 나를 괴롭히려 한다고 일렀다. 그러자 무시무시한 남자 선생님께서 그 아이들에게 앞으로 자유시간을 안 주겠다고 말씀하셨다. 그 일이 있은 후 아이들의 인식 속에 쟤를 한번 잘못 건드리면 진짜 크게 울고불고 함으로써 자기들을 곤경에 처하게 만든다는 사실이 자리잡아, 아무도 나를 건드리지 않아서 더 이상 놀림 따위 받지 않고 비교적 편안하게 다닐 수 있었다. 그렇지만, 또 그렇다고 아무도 날 상대 안 해주고 투명인간 취급을 하니 그 것 또한 서운한 일이었다. 아무튼 이런저런 이유로 나는 매일같이 안 가려고 울고 엄마는 그런 나를 억지로 보내고 하는 씨름의 나날들이었다.

그러던 어느날이었다. 태권도 도장을 홍보하기 위한 사진을 찍게 되었다. 홍보 사진을 촬영하기 전 사전 점검을 하기 위해 오신 사진사 아저씨께서, 구석에 혼자 처박혀서 다소 왕따스러운 분위기를 풍기고 있는, 도장 전체에서 단 하나뿐인 여자애인 나를 발견하신 것이었다. 그 아저씨는 순식간에 '여자도 즐길 수 있습니다! 이제 태권도는 남녀 모두의 스포츠' 이런 식의 컨셉을 정하셨다(지금은 흔한 일이지만 그 당시만 해도 여자애들이 그런 종류의 운동은 잘 배우지 않았다). 그러자 선생님들도 모두 아우성을 치며 적극 동의하셨고 그래서 내가 그만 주인공이 되게 생긴 것이었다. 사진사 아저씨께서는 부드러운 목소리로 나에게, 남자애들로 둘러싸여 정가운데에서 멋지게 태권도를 하고 있는 포즈를 취하는 것이 어떻겠냐고 내 생각을 물어보셨다. 당연히 나는 울면서 싫다고 했다. 나로서는 태권도 도장에 다니는 것도 남들이 알까 망신스러워 죽겠는데 동네방네 소문낼 일 있나 싶어서 절대로 그런 것은 하지 않겠다고 고집을 피웠다. 그렇지만 이미 선생님들은 모두 다 그 컨셉이 너무나 좋다는 데 동의를 하셨던 것이다. 어차피 남자애들 중에서 배울 애들은 전단지 같은 거 안 뿌려도 다 올 텐데, 여자아이를 가진 부모님들이 태권도 하는 어린 소녀의 멋진 모습을 사진으로 본다면 자기 딸도 태권도 도장에 한번 보내볼 것이라고 생각했던 것이다. 그러나 내 고집을 꺾기 어려웠던 선생님들이 결국 우리 집에 전화를 하셨고, 엄마는 그 소식에 흥분을 감추지 못하셨다. 엄마는 나에게 만약 다른 여자애들이 너의 멋진 모습을 사진으로 본다면 얼마나 부러워하겠냐면서 오랜 시간 나를 설득하셨고, 많은 눈물이 오간 뒤 당시 파란띠였던 나는 사진을 찍을 때만큼은 검은띠를 매게 해준다는 조건으로 결국은 승낙하고 말았다.

그 사진이 온 동네에 뿌려지고, 엄마와 아빠의 친구분들께서 부러워하시며 앞다투어 자신들의 딸들을 태권도 도장에 보내셨고, 엄마는 몇 달 간 여러 아주머니들로부터 어떻게 딸애를 태권도를 배우게 할 생각을 다 했냐며 무척 앞서 나간 사람 대우를 받으며 잘난 척할 수 있었던 것이다.

아빠와 텔레파시

연구소에서는 연구를 하시며 과학자의 길을 걷고 있는 아빠지만, 집으로 돌아오는 순간 갑자기 아빠는 외계인의 존재를 믿고 유령의 존재를 믿는 순수한 영혼의 소유자로 대변신하신다!

아빠는 외계인과 유령의 존재를 믿는 만큼이나 텔레파시 같은 것에도 무한한 관심을 가지고 열렬히 탐구하고 있는 중이다. 아빠의 연구에 따르면 서로 사랑하고 있는 영혼이 맑은 사람들끼리는 텔레파시가 통할 수 있다고 한다. 그렇기 때문에 아빠도 그런 영적인 경험을 꼭 해보고 싶다고 자주 말씀하시곤 했다.

어떤 관점에서 그렇게 믿고 계신지는 모르겠으나, 아빠의 연구에 따르면 나와 내동생은 영혼이 투명하리만큼 맑은 아이들이다. 그래서 어쩌면 우리 사이에는 텔레파시가 가능할지도 모른다!

어쨌거나 그건 그렇고, 나는 핸드폰 통신사의 적립 카드로

도토리를 구입해서 싸이를 운영하고 있다. 그런데 운전을 유난히 많이 하시는 아빠가 기름을 넣을 때마다 적립을 하면 포인트가 팍팍 올라가기 때문에, 나는 그 카드를 아빠에게 드린 뒤 주유소에 갈 때마다 적립을 좀 해달라고 부탁했다. 빵을 살 때도 적립이 가능하고 아니면 적립 대신 할인의 혜택을 받을 수도 있다는 당부의 말과 함께!

그래서 아빠는 주유소에 갈 때나 빵을 사러 갈 때마다 잊지 않고 그 카드에 적립을 해다 주셨고, 덕분에 나는 보다 많은 도토리로 풍요롭게 싸이를 꾸려나갈 수 있게 되어 기분이 좋아졌다.

그런데 빵을 사면서 그동안에 모아둔 적립금으로 할인을 받게 되면, 그때마다 내 핸드폰으로 문자가 온다는 사실을 아빠는 까맣게 모르고 계셨다. 물론 신용카드를 쓰거나 다른 카드들을 사용할 때도 문자로 통보를 해주는데, 아빠는 핸드폰을 전화할 때 아니면 시계를 볼 때, 딱 이 두 가지 용도로만 사용하시기 때문에 문자 보는 법도 몰라서 그런 문자 서비스에 대해서는 까맣게 몰랐던 것이다.

매번 아빠가 빵을 살 때마다, 어느 지점의 어느 빵집에서 얼마만큼의 빵을 샀는지 문자가 오는데 어느 날 문득 재미있는 생각이 들었다.

나는 문자가 오자마자 아빠에게 전화를 걸어서 "아빠! 지금 A 빵집에서 빵 만원어치 샀지? 하하하!"하고 말했다. 그러자 아빠는 소스라치게 놀라며 아니 그걸 어떻게 알았냐고 하셨다. 나는 왠지 그런 느낌이 들었다고 말씀드렸다. 그때부터 한 달 간, 아빠가 빵을 구입했다는 문자가 올 때마다 전화를 걸어서 "아빠 또 빵 샀구나! 근데 이번에 왜 그렇게 많이 샀어? 자꾸 그렇게 많이 먹으면 열심히 운동하는 거 아무 소용없지롱~"하고 말하곤 했다. 그때마다 아빠가 너무 놀라는 것 같아 이제는 그만 해야겠다고 생각하고 있던 즈음이었다.

어느 날 아빠의 핸드폰이 고장나는 바람에 새 핸드폰으로 바꾸셨는데, 그 핸드폰은 문자 보는 법이 너무 쉬워서 그만 아빠도 문자를 볼 수 있게 되어버린 것이었다. 그 후 아빠가 이 무서우리만큼 정확한 텔레파시의 비밀을 알게 되셨고, 오히려 그동안 알고 있었는데 그냥 속아준 것이라고 큰소리치셨다. 그러나 그 전까지 아빠는 내가 영혼이 맑은 아이라서 텔레파시가 통했다고 생각하신 것이 분명했다.

삼촌과 외삼촌

나는 어린 시절에 결혼을 안 한 총각 삼촌을 가져보는 것을 참으로 행운이라고 생각한다. 그러기 위해서는 부모님이 막내가 아니어야 하거나, 부모님이 자식을 너무 늦게 낳지 않아야 한다. 내게는 총각 삼촌이 있었는데, 내 동생은 늦게 태어나는 바람에 부모님이 막내가 아닌데도 불구하고 총각 삼촌이나 처녀 이모를 가져본 적이 없다. 내가 정말 행운인 것은, 어린 시절에 나에게는 총각 삼촌이 두 명이나 있었다는 것이다! 친가에 한 명, 외가에 한 명!

어린 여조카랑 총각 삼촌 사이에는 참으로 많은 애정과 유대감이 있는 것 같다(물론 남자 조카도 마찬가지겠지만 내가 남자가 아니라서 그런 것까지는 잘 모르겠다). 친삼촌도 그렇고 외삼촌도 그렇고, 나에게 무엇하고도 바꿀 수 없는 소중한 추억들을 정말 많이 만들어주셨다.

삼촌은 나를 정말 많이 귀여워해주셨다. 삼촌은 조각을 하셨는데, 이탈리아로 유학을 떠나시며 공항에 배웅하러 나온 친구들에게 나를 안고 가서, "너희들 앞으로 자식을 낳으려면 이렇게 낳아라!" 하고 잘난 척을 했을 만큼 나를 예뻐하셨다. 그 뒤 이탈리아에서 유미에게 딱 어울릴 만한 아주 예쁜 구두를 보았다며, 아빠에게로 유미의 발을 그림으로 그려서 보내달라는

유미 보아라,
　엄마 아빠 말 잘 듣고 학교 잘 다니겠지? 저번 주말에 계룡산에서는 참 재미 있었지? 디아노 장통은 마음에 드는지?
　5월은 5일은 어린이날인데, 유미한테 선물을 하나 하고 싶구나. 무엇이 좋을까? 하고 싶은 거 (가지고 싶은 거) 있으면 편지 보내면서 알려 주려므나. 이태리에서 보내온 유미 구두는 모두들 참 예쁘다고 하는데 유미는 어떤지 모르겠구나. 삼촌에게 고맙다는 편지 보내면 삼촌도 좋아할꺼야. 그럼 유미의 답장을 기다리며 이만 그친다.
　　　　　　　　4월 16일
　　　　할아버지 할머니 가

편지를 여러 번 보내왔다. 그때마다 아빠는 A4 용지에 내 발을 올려놓고, 연필을 대고 발 대로 따라 그려서 그 그림을 이탈리아로 보내셨다. 그러면 삼촌은 그 그림을 토대로 내 발 사이즈에 맞는 구두를 사서 나에게로 보내주셨다. 그 구두는 신고 다니기 아까울 만큼 예쁘고 앙증맞아서 매번 엄마와 나는 기쁨의 환호성을 지르곤 했다.

나중에 결혼을 하시고, 나에게는 이제 작은아버지가 되신 삼촌이 어느 날 아빠랑 엄마에게 "내가 아들 열 명 낳아줄 테니까 유미랑 바꾸자"고 말씀하셨다고 한다.

삼촌에 대한 기억은 그것 말고도 정말 많다. 내 기억 속에 젊은 시절의 삼촌은 너무나 남자답고, 터프하고, 멋있고, 박력 있었다. 그렇지만 여리고 약한 마음의 소유자이기도 했다.

굳이 비교를 하자면, 외삼촌이 아기자기하고 재미있게 놀아주었다면 그에 비해서 삼촌은 너무나 무섭고 박력 있게 놀아주려고 해서 내가 겁에 질려 울었던 적이 많았다.

하루는 삼촌이 거실에서 나랑 놀아주다가 내가 뭔가 잘못을 하자 죽은 척한 적이 있었다. 나는 장난이라는 걸 알고는 있었지만 그래도 갑자기 슬픈 마음이 들어서 엉엉 울었고, 그러자 삼촌은 내가 삼촌이 죽은 줄 알고 울었다면서 매우 좋아했던 기억이 난다.

또 한번은 큰고모 집에 놀러 갔는데 거기에 아직 완성이 안 된 삼촌의 조각품이 있었다. 녹색으로 칠해진 커다란 여자 조각이었는데, 옆에 붓과 초록색 물감통이 있었다. 나는 붓이 통에서 빠져나오려고 하는 것 같아 보여서 다시 잘 담가놓으려고 붓을 살짝 만졌다. 그런데 어른들은 내가 붓을 가지고 놀려고 그러는 줄 알고는 화들짝 놀라며 앞다투어 나한테 얼른 그 붓을 내려놓으라고 난리를 치셨다. 나는 작품에 칠하려고 그런 게 아니라 붓을 다시 똑바로 놓아두려고 그랬던 거라고 슬프게 울면서 설명했다. 그러자 갑자기 마음이 약해진 삼촌이 작품에도 한번 칠해봐도 된다고까지 허락을 해주어 어른들이 호들갑을 떨며 삼촌을 만류했던 기억도 있다.

내가 삼촌만큼 좋아했던 사람이 있다면 바로 우리 외삼촌이다. 외삼촌은 삼촌보다 나이가 젊었기 때문에 삼촌보다 더 오랜 시간 총각으로 있었다. 그래서 나와는 더 많이 함께 놀 수가 있었다. 외삼촌과의 추억은 실로 어마어마하게 많은데, 이건 젊은 총각 삼촌이 있어본 사람이 아니면 도저히 설명을 할 수가 없는 것이다!

가끔 외갓집에 놀러 가면 손재주가 많은 외삼촌이 늘 무엇인가를 만들어주곤 했다. 그래서 나는 외갓집에 갈 때마다 항상 방학숙제를 잔뜩 가지고 갔고, 그러면 외삼촌이 막중한 사명감을 가지고 내 방학숙제를 다 해줬다. 우리는 방학숙제를 위해 해운대에 놀러 가서 조개껍데기를 주워와 보석함을 만들기도 했고, 수수깡으로 인형의 집을 만들기도 했다. 외갓집은 마당이 아주 넓었기 때문에 거기서 늘 창작 활동을 했다. 외삼촌과 내가 마주 보고 앉아서 창작 활동에 전념하다 보면 배가 고파지고, 그러면 짜장면이랑 짬뽕을 시켜 먹으면서 또다시 창작 활동에 전념했다. 그럴 때면 꼭 짜장면이 훨씬 더 맛있거나 짬뽕이 훨씬 더 맛있거나 둘 중에 하나였다. 짜장면이 맛있는 날은 외삼촌이 짬뽕 면을 짜장면에 비벼서 나한테 더 먹게 해주었고 짬뽕이 더 맛있는 날은 방법이 없으므로 어쩔 수 없이 그냥 먹었다.

　외삼촌의 차고에는 신기한 것들이 많이 있었다. 외삼촌은 이상한 것들을 다 모아두었다가 소꿉놀이에 쓰라며 줬다. 그 당시 나는 친할아버지가 워낙 좋은 장난감을 많이 사주셨기 때문에 '뭐 이런 걸로 놀라고 그런담! 대체 뭘 하라는 건지……' 하고 생각했지만, 외삼촌의 성의를 봐서 아주 즐거운 척했었다. 해가 질 무렵이면 외삼촌은 나를 데리고 전망이 환상적인 달맞이고개에 가서 맛있는 것도 사주었다. 심심하다고 하면 수영장에도 데리고 가주고, 아트박스에 가서 예쁜 것들도 많이 많이 사줬다. 그리고 밤에는 마당에서 같이 폭죽놀이도 하고 고구마도 구워먹었다. 밤에는 오징어를 구워서 무서운 비디오를 보기도 하고, 또 비디오를 다 보면 왠지 서운하니까 무시무시한 이야기도 해주었다. 외삼촌은 무서운 이야기 천재였다. 전부 다 외삼촌이 지어내는 거라서 가끔은 말도 안 되는 내용도 있었는데, 외삼촌이 워낙 응석받이로 자란 막내였기 때문에 거기서 내가 말도 안 되는 부분을 지적하면 삐쳐서 다음 이야기를 해주지 않았기 때문에 웬만하면 나는 꾹 참고 재미있는 척하고 들었다. 가끔은 나한테 밖에 나가면 아빠라고 부르게 시킨 뒤 "어머 아빠가 왜 이렇게 젊어요?" 하는 소리를 듣는 것을 무척이나 즐거운 놀이라 여겼다. 엄마 생신 때는 같이 카드도 만들고 장미꽃도 만들었다. 그런데 외삼촌이 심혈을 기울여 만든 그 장미꽃을 엄마가 나에게 주는 바람에, 외삼촌이 누나는 어떻게 사람 성의를 그렇게 무시할 수가 있냐며 삐치고 난리도 아니어서, 내가 하는 수 없이 울면서 그 장미를 다시 엄마에게 돌려드렸던 기억도 있다.

그것 말고도 삼촌과 외삼촌에 대한 기억은 수없이 많다. 그런 삼촌들이 있다는 걸 생각하면 나는 정말 행복한 사람인 것 같다.

소풍

현중이가 기억하고 있을지 모르겠다. 나에게는 절대로 잊을 수 없는 기억 중 하나인데…….

절대로 잊을 수 없는 어린 시절의 추억 중에 하나가 할아버지, 할머니, 현중이와 소풍을 갔던 일이다. 사실 드라이브나 여행이라면 자주 갔었다. 어딘지는 잘 기억나지 않지만 한없이 넓고 푸른 들판에서 할머니와 현중이가 방아깨비와 메뚜기 같은 곤충들을 잡아서 하나씩 들고 싸움을 붙였던 적도 있었다. 그때 그 싸움 붙이는 것을 찍은 사진도 있다. 나는 옆에서 구경만 했는데, 곤충이라면 에일리언보다도 증오하는 나는 그 싸움을 지켜보면서 '정말 저러고 싶을까?' 하는 생각을 하곤 했다. 그런데 지금 말하려는 내 기억 속의 소풍은 그게 아니고 진짜 소풍을 의미하는 것이다. 돗자리를 펴고 앉아서 도시락을 먹는 그런 소풍 말이다!

어느 날 할아버지, 할머니, 나, 현중이는 하도 심심한 나머지 가까운 곳으로 소풍을 가기로 했다. 할머니가 뛰어난 요리 실력을 발휘하여 맛있는 도시락을 준비하셨다. 그리고 우리는 다 함께 마트에 가서 장을 봤다. 소풍에 필요한 도구는 아무것도 없었기 때문에 모조리 사야 했다(그 소풍에 필요한 도구라는 것이 그래봐야 돗자리 정도). 우리는 과자와 음료수를 산더미만큼 많이 사고, 돗자리랑 모기향도 샀다. 그리고 그 당시 할아버지 동네인 명일동 근처 작은 뒷산에 올라갔다.

비교적 평탄하고 조용한 곳을 찾아 돗자리를 펴고 넷이 앉아서 할머니가 준비한 도시락을 먹었다. 메뉴는 유부초밥과 김밥이었는데 나는 유부초밥을 훨씬 좋아했다. 그래서 유부초밥을 아끼려고 일부러 김밥부터 먹고 있었는데, 그것을 보신 할아버지는 내가 김밥을 좋아하고 유부초밥은 좋아하지 않는 걸로 오해하신 나머지 할아버지의 김밥과 내 유부초밥을 바꿔주려고 하시는 것이었다. 그때 내가 얼마나 크게 분노하며 화를 냈던지…… 지금 생각해봐도 웃음이 나온다. 나는 거의 울먹이며 어떻게 그럴 수가 있냐면서, 내가 김밥부터 다 먹고, 그러고 나서 유부초밥은 나중에 먹으려고 아껴두었던 건데 다시 돌려달라고 난리를 쳤다. 그때 할아버지가 상당히 민망해하시며 "나는 네가 안 좋아하는 줄 알고 그랬지" 하고 변명을 연발하시던

할아버지와 할머니,
그리고 큰집 식구들(현중이네 가족)의 나들이

모습은 지금도 생생히 떠오른다.

도시락을 다 먹고 산더미 같은 과자를 모조리 꺼내어 이것도 조금 저것도 조금 먹으며 한가롭게 놀았다. 할아버지와 할머니는 그늘에서 대화를 나누셨고, 나와 현중이는 과자를 가지고 우리가 무슨 구세주인마냥 인심을 베풀며 개미들에게 나눠주었다. 우리는 개미들이 지나다니는 길목마다 과자 부스러기를 놓아두고는, 요즘 유행하는 빵상 아줌마처럼 "개미들아! 우리가 너희를 천국으로 데려가줄게" 하고 외치며 개미들을 잡아서 과자 위에 올려주고 굉장히 흐뭇해했다(물론 나는 곤충을 질색했기에 잡는 것은 모조리 현중이가 하고, 나는 외치기만 했다). 가끔 반항하며 안 잡히려고 발버둥치는 개미를 보면(아니 대부분의 개미들이 그러했지만), 몹시 분개하여 씩씩대면서 우리가 너희 개미들을 얼마나 좋은 데로 데리고 가주려고 이러는데 너희들이 이렇게 말을 안 듣냐며 욕을 퍼부어주었다.

한참을 그러고 놀다가 집으로 돌아오면 할머니가 우리를 목욕시켜주셨다. '남녀칠세부동석'이라고, 아주 어린 나이였지만 할머니는 우리를 늘 따로따로 목욕시켜 주셨는데, 그래서 할머니는 항상 두 배로 힘드셨다. 한 명이 욕조에 들어가면 고래고래 소리를 지르며 노래를 부르고 그러면 나머지 한 명은 밖에서 그 노래를 들으며 별로 웃기지도 않는데 배를 잡고 웃다가, 다시 다른 한 명을 데리고 욕조로 들어가면 그 애가 또 노래를 고래고래 부르며 밖에 있는 다른 한 명을 웃겨주었던 기억이 난다. 그러면서 우리는 대단히 즐거워했다.

다시 생각해보아도 이 얼마나 멋진 추억인가! 앞으로도 절대 잊을 수 없을 것 같다.

언니! 나 몇 키로 빼줄 건데?

내 동생은 차마 받아주기 민망할 정도로 갖은 생색을 내며 학교에 다니고 있다. 가끔 그런 동생의 모습을 볼 때면, 마치 내 동생이 우리 가족 모두를 대신해서 대표로 고3이라는 힘든 직책을 혼자서 떠맡아 굉장한 희생정신을 발휘하고 있는 것이 아닌가 하는 착각에 황송한 심정이 되고 마는 것이다.

착하고 순하지만 공부를 조금 싫어했던 (후훗) 나와는 달리, 내 동생은 공부를 무척 잘하는 모범생이라는 사실을 내 친구들은 다 알고 있다. 사실 내 동생은 중학교에 입학한 이래 전교 등수가 내 반 등수보다도 적은 숫자를 기록하며 엄마의 사랑과 찬사를 한몸에 받아왔다.

나이 차이가 꽤 나는 편이라 함께 중학생의 신분이거나 고등학생의 신분으로 지내지 않았기에 망정이지, 만약 같은 신분으로 함께 학교를 다녔더라면 나는 아마 수치심에 일찍 인생을

146

마감하고픈 생각이 들었을지도 모를 일이다. 게다가 내 동생은 키도 나보다 커서 왠지 교복도 나보다 더 잘 어울리는 것 같아 기분이 그다지 좋지만은 않다. 내가 이런 생각을 언젠가 한번 엄마에게 조심스레 말씀드렸던 적이 있다. 그러자 엄마는 "그건 니가 공부를 조금만 더 열심히 했으면 충분히 해결될 문제!"라면서 나의 말을 아주 냉정하게 그리고 단칼에 잘라버리셨다.

가끔씩 내 동생은 내가 별로 듣고 싶어하지 않음에도 불구하고 자기 등수를 무척 재미있는 비밀 이야기라도 들려주는 양 생색을 내며 알려줄 때가 있다. 그럴 때마다 나는 일단은 "넌 정말 대단해"라며 몹시 놀라는 척을 해주어 동생의 기분을 우선 좀 붕~ 뜨게 만들어준다. 그런 다음에 "그런데 너 그거 반 등수니?" 하고 물어보면, 내 동생은 콧방귀를 핑 뀌면서 단호한 목소리로 "아니 전교 등수야" 하고 말하여 나를 부끄럽게 만들기도 한다. 그러나 가끔 성적이 떨어지거나 만족할 만한 성적이 나오지 않으면 집에 돌아와서 최대한 우울한 표정을 지어, 왠지 모르게 엄마와 내가 가시방석에 앉은 듯한 기분이 들게 만드는데, 시간이 지나고 이성을 찾으면 나는 이런 의문이 들기도 하는 것이다. '아니 공부를 열심히 해서 좋은 대학에 들어가면 자기가 좋은 거지 내가 좋아? 왜 나한테 생색이야?'

그렇지만 다시 마음을 고쳐먹고 기분을 풀어주기 위하여 서프라이즈 기프트를 준비해두기도 한다. 별거 아닌 작은 선물들이 삭막한 고3 수험생들에게 있어서는 인생을 조금이나마 활기차게 만들어주는 것이기도 하기 때문이다.

하루는 우연히 너무 귀여운 미니어처 시디를 발견했다. 정말 마치 한 가수의 정식 앨범이기라도 한 듯이, 시디 케이스에, 재킷에 게다가 케이스를 열면 동그란 시디까지! 그 모든 것이 아빠 손가락의 손톱 크기 정도라면 믿어지는가! 아무튼 나는 그것이 못 견디게 귀여워서 동생에게 사주기로 결심했다. 학교에서 돌아온 동생이 그것을 보면 "꺄아아아 언니 언니 이런 건 대체 어디서 샀어?" 하고 말할 줄 알았으나, 예상 밖의 심드렁한 표정으로 "언니는 요즘 유행하는 미니어처 뽑기를 아직도 모르는구나?" 하고 말하는 것이었다. 나는 몹시 화가 나기도 하는 한편으로 기가 죽기도 하고 또 궁금하기도 해서 "대체 그게 뭐니?" 하고 물었다. 그것은, 뽑기를 하면 나오는 손가락만 한 크기의 컵라면과 그 정도 크기의 냄비와 거기에 알맞은 크기의 젓가락이라고 했다. 그럼 그 냄비에 물을 끓여서 그 젓가락을 가지고 새 발의 피도 안 되는 그 컵라면을 먹는 것이라고 했다. 나는 "그럼 그 냄비는 대체 어떤 가스레인지로 끓여야 되는 거니? 그 가스레인지도 뽑기를 해서 장만해야 하는 거니? 그럼 그것까지 구비한 후 가스 연결은 또 어떻게 하는 거니? 가스를 연결해주는 기사분을 불러서 저 가스레인지도 좀 연결해달라고 말하면 그 기사분이 참도 좋아서 연결해주겠다 그치? 아하하하하하" 하고 비웃었다. 그러자 동생은 한심하다는 표정으로, 그냥 냄비에 물을 끓인 다음에 그 물을 미니어처 냄비에 부어서 그것으로 끓였다고 치고 먹는 거라며, 그 미니어처 컵라면을 어디서 파는지는 잘 모르는데 자기도 꼭 한번 먹어보고 싶으니 나보고 좀 구해다 달라고 말했다. 밤새 공부하고 새벽에 출출해질 때 그 정도 크기의 컵라면을 먹으면 살도 안 찌고 딱 적당할 거라며…… '내가 왜 쓸데없이 미니어처 시디를 사와가지고 사서 고생을 하나' 싶어지는 순간이었다.

한편 지금 내 동생의 일생일대 최고의 고민은 다른 어떤 것도 아닌, 고3이라 몸무게가 많이 늘어났다는 것이다! 고3이기 이전에 동생도 여자였던 것이다. 난 동생이 고3이 되면서 여자이길 이미 포기했는 줄 알았는데 그건 아니었나 보다. 그렇지만, 그렇다고 해서 먹을 것을 줄이는 것은 절대로 아니다. 그렇게 힘든 일을 어떻게 수험생의 신분인 자기가 할 수 있겠는가! 살 빼는 것처럼 어렵고 힘든 일은 엄마와 언니가 도맡아서 해줘야 하는 것이다. 그래서 자기의 몸무게가 조금 늘었다 싶으면 언니인 나에게 "나 공부하느라고 요즘 살이 좀 찐 것 같은데, 어떻게 빼줄 거야? 몇 키로 정도 빼줄 수 있는데?" 하고 말하며 생색을 내는 것이다.

외갓집

평소에 친구들이나 주변 사람들에게 할아버지, 할머니 이야기만 늘어놓아서, 어떤 사람은 내게 외할아버지 외할머니는 안 계신 줄 알았다고 말한다. 그렇지만 나에게는 멋진 외할아버지 외할 머니가 계시다!

우리 외갓집은 부산에 있다. 그래서인지 '외갓집!' 하면 바다가 떠오른다. 그래서 늘 가고 싶은 곳, 그리운 곳으로 여겨 졌다. 그뿐 아니라 외갓집에 가면 내가 너무너무 좋아하는 우리 외삼촌이 있다. 지금은 결혼해서 왕자병에 걸린 아저씨가 되어 버렸지만, 예전에는 정말 잘생기고 멋있고 다정한 총각 삼촌이 었다. 그것은 나에게 이루 말할 수 없이 커다란 즐거움이었다. 우리는(큰이모 딸, 작은이모 아들, 그리고 나) 외삼촌을 정말 많이 따랐다. 우리 밑으로 태어난 아이들은(큰이모 아들, 작은이모 딸,

외갓집 정원에서 외할아버지, 외할머니, 외삼촌, 외숙모

내 동생) 아주 어렸을 때 외삼촌이 결혼해서 아저씨가 되어버렸기 때문에, 물론 좋아하긴 하지만 그 강도가 우리들과는 또 다르다.

　외삼촌 다음으로 나를 기쁘게 하는 것은, 대문을 열자마자 달려와서 "아이고 내 새끼" 하며 껴안아주시던 푸근한 외할머니다. 외할머니는 보기 드물 만큼 통이 큰 사람인지라, 우리가 놀러 가면 늘 음식을 몇 박스씩 마련해놓으셨다. 그런데 문제는 다른 음식은 하나도 준비하지 않고, 돼지수육 한 박스, 시루떡 한 박스, 뭐 이런 식으로 적은 종류의 음식을 아주 푸짐하게 준비해두셨다는 점이다. 그리고는 "맛있는 거 많으니까 어서 많이 먹어라" 하고 말씀하셨다. 그밖의 다른 종류의 음식이 있다면 그건 모두 회 종류였다. 사실 어렸을때 나는 돼지수육하고 시루떡은 정말 안 좋아했고(지금은 좋아하지만), 그 당시엔 회는 아예 한 입도 못 먹었다. 때문에 이것저것 여러 가지를 조금씩 많이 준비해놓는 친가와 달리 외갓집에 가면 늘 내가 먹을 만한게 전혀 없었다. 내가 안 먹고 있으면 외할머니는 무서운 눈초리로 "편식해서 엄마 힘들게 하면 안 된다"며 "그럼 무서운 경찰 아저씨들이 잡아간다"고 나를 야단치셨다. 그럴 때마다 속으로 '돼지고기랑 시루떡밖에 없는데, 두 개만 준비해놓고 먹으라고 하는 게 오히려 편식 아닌가?' 하고 참 이상하다는 생각을 했다.

하루는 외할머니가 외할아버지께 건강을 생각해서 제발 좀 짜게 드시지 말라고 꾸중을 하셨는데, 외할아버지는 "짜게 먹고 싶어도 짜게 먹을 반찬이 있어야 짜게 먹지!" 하고 말씀하셨다고 한다. 그 이야기를 전해 듣고 우리가 얼마나 웃었는지 모른다. 엄마는 외할머니께 전화를 걸어서 "반찬도 안 해놓고 짜게 먹지 말라고 남편을 나무라면 어떡하냐"고 말씀하셨다. 원래 딸입장에서는 아버지가 늘 애틋하기 때문이다.

그뿐 아니라 외할머니는 재치 있는 입담의 천재인 것 같다.

물론 외할머니 자신은 잘 모르지만, 외할머니가 하시는 한마디 한마디는 늘 너무나 웃기는 것이었다. 외할아버지는 남자답게 생긴 외모와는 다르게 여리고 소심한 구석이 있으시다. 그래서 모든 일에 소심하게 대처하실 때가 많은데, 그중 특히 아픈 것을 무척이나 두려워하신다. 그래서 어떤 때는 아프기도 전에 혹시라도 나중에 아플 것을 대비하여 미리 약을 드시기도 하셨는데, 그럴 때마다 터프하고 대범한 외할머니는 속이 터져서 이렇게 말씀하셨다고 한다. "그럼 왜 살아! 어차피 인간은 죽을 텐데! 그럼 죽는 것도 무서우니까 미리 확 죽어버리지?" 이 말씀을 듣고 우리는 또 한바탕 웃었다. 그러나 엄마는 또 아버지가 애틋하여 외할머니께 전화를 걸어 그러지 말라고 말씀드렸다고 한다.

한 번은 이런 적도 있었다. 이종사촌 언니랑 방에서 책에 대한 이야기를 하고 있었다. 그런데 갑자기 외할머니께서 들어오시더니, 우리를 아주 사랑스럽다는 눈빛으로 바라보시다가 대뜸 "할머니 뚱뚱하다고 놀리고 있었지?" 하고 물으시는 것이었다. 그래서 우리가 전혀 아니라고 하자, 또다시 귀엽다는 눈빛을 하시더니 "괜찮아~ 괜찮아~ 돼지라고 놀려도 할머니는 괜찮아~ 할머니를 돼지라고 놀리는 게 재미있으면 계속 돼지라고 놀려도 할머니는 화 안 나~ 그리고 놀아도 돼!" 하고 다

이해하신다는 표정을 지으시며 우리를 사랑스럽게 바라보시는 것이었다. 우리가 정말 아니라고 말하려 하자, 손사래를 치시며 "정말 놀려도 괜찮다"고만 반복해서 말씀하시더니 황급히 방에서 나가버리는 것이었다. 우리는 진짜 할머니의 몸매에 관해서 단 한마디도 안 하고 전혀 다른 이야기를 하며 놀고 있었는데, 너무 황당하고 당황스러워서 이 억울하고 답답한 심정을 누구에게 말해야 할지 몰라 한동안 아무 할 말이 없는 것이었다.

외할아버지로 말할 것 같으면…… 나는 잘 모르겠다. 왜냐하면 외할아버지가 너무 무뚝뚝해 여태껏 살아오면서 외할아버지와 백 마디의 말도 나눠보지 않았기 때문이다. 외할아버지는 전형적인 경상도 사나이로, 일단 말이 너무 없고, 소심하면서도 터프하고, 또 상당히 과묵한 성격의 소유자이셨다. 그렇지만 한번 말씀하시면 그 넓은 주택이 쩌렁쩌렁 울리도록 큰 목소리를 내셨기 때문에 어린 나는 늘 벌벌 떨었다. 내 어린 시절 기억 속의 외할아버지는 어린아이들이 감기에 걸리는 것을 극도로 위험한 일이라고 여기시어 누가 감기에 걸리면 대걱정을 하셨다. 예전에 딸들 중 누가 밤에 기침이라도 좀 하면 바로 응급실로 보내버리셨다고 한다. 그래서 내가 만약 감기에 걸려서 기침이라도 했다가는 또 한바탕 난리가 날 것이 분명하므로 엄

마가 절대 기침
을 하지 말아달라고 나에게 신신당부를 하셔서 나
는 기침이 나오려고 하면 저 멀리 달려가 소리가 안 나게 입을
틀어막고 기침을 하곤 했다. 엄마 말씀에 따르면 외할아버지는
가족들에게 무조건 헌신적이고, 책임감이 강한 남자다운 가장
이기 때문에 식구들이 아픈 걸 너무너무 싫어하셔서 그런 거라
고, 그러니까 걱정을 끼쳐드리면 절대로 안된다고, 네가 생각
하는 것보다 훨씬 많이 걱정을 하신다고 말씀하셨다. 겉으로 내
색을 안 하셔서 그렇지 속으로는 누구보다 우리들을 걱정하고
계신다고 말이다. 그러면서 나에게, 서울 할아버지처럼 모두
드러내서 보여주는 사랑도 있고, 부산 외할아버지처럼 속으로

만 생각하고 겉으로는 잘 드러내지 못하는 사랑도 있는 거라고, 이 세상에는 사랑하는 방식이 여러 가지가 있다고 가르쳐주셨다. 그 다음부터 외할아버지를 무섭게 생각하는 마음이 조금 덜해졌다. 엄마는 자기 아버지에 대한 이야기를 할 때마다 무척 애틋해하신다. 정말 훌륭한 아버지라며…….

외할아버지는 퇴근하시는 길에 선물을 자주 사오셨다. 그런데 그 선물이라는 것이, 친할아버지처럼 인형이나 장난감 같은 내가 좋아할 만한 아기자기한 소품들이 아니라 꼭 과자 한 박스씩을 사오셨다. 꼭 음식으로만, 꼭 한 박스씩을!

한번은 이종사촌 언니랑 외갓집에서 캐러멜을 가지고 싸운 적이 있었다. 우리의 목적은 캐러멜이 아니라 캐러멜을 사면 나오는 아주 작은 곰 인형이었다. 우리는 그 곰 인형이 목적이었기 때문에, 캐러멜은 먹기 싫어서 버린 적도 많았다. 그만큼 우리에게는 그 곰 인형이 소중했다. 그 곰 인형 가족을 다 모으는 것이 우리의 목표였다. 그래서 예쁜 곰 인형이 나오거나 자기에게 없는 곰 인형이 나오면 서로 가지려고 대판 싸웠던 것이다. 그런데 평소에 외할아버지 외할머니가 제일 중요하게 생각하는 것이 가족간의 화목, 그리고 형제간의 우애였다. 그래서 엄마랑 이모 들은 어린 시절 부모님이 너무 무서워서 웬만하면 절대로 싸우지 않았다고 한다. 그런데 그만 외할아버지께서 우리들이 싸우는 광경을 목격하고 말았던 것이다(너무 과묵한 분이셨기에 당연히 못 본 척하셨지만!). 하찮은 캐러멜 때문에 손녀들이 싸운다는 것이 상당히 마음이 아프셨던지, 퇴근 길에 캐러멜 두 박스를 사오셨다. 그리고는 한 명당 한 박스씩 나눠주셨다. 이렇게 한 명당 한 박스씩을 나눠주면 절대로 싸움이 벌어지지 않을 거라고 생각하신 모양이다. 그 캐러멜은 신문지에 포장되어 있었다. 포장을 뜯으면서 사촌언니가 불길한 표정을 지으며 이렇게 말했다. "이거 왠지 다른 종류 캐러멜인 것 같지 않니?" 그리고 그 말은 진실이었다! 역시나 그 캐러멜은 곰 인형이 들어 있지 않은, 다른 회사의 캐러멜이었던 것이다! 그때 우리는 땅을 치며 안타까워했다.

또 한번은 이런 일도 있었다. 우리가 외갓집 정원의 큰 바위에 앉아서 소꿉놀이를 하고 있었는데, 외할아버지께서 멀리 떨어져서 한참을 서성거리시며 우리 쪽을 바라보고 계시는 것이었다. 그 광경을 보며 우리는 잔뜩 겁에 질려 작은 목소리로 "할아버지가 우리랑 놀고 싶나봐" 하고 속삭였다. 그러나 곧 "에이 설마~ 아니겠지……" 하면서 모른 척하고는 다시 우리끼리 재미있게 놀았다. 그런데 할아버지가 조금 망설이시는 듯하더니 이윽고 결의에 찬 눈빛으로 우리에게로 다가와, 아주 무서운 표정과 무뚝뚝한 목소리로 "똑똑똑!" 하시는 것이었다.

우리는 너무너무 놀라 눈을 동그랗게 뜨고 그 자리에 얼어붙어 가만히 서로를 응시하고 있었다. 그러자 다시 한 번 "똑똑똑! 문 좀 열어주세요!" 하시는 것이었다. 그래도 우리가 아무 말도 하지 않자 문도 안 열어드렸는데 혼자 들어오시더니만 부드러운 목소리로, "커피 한 잔 주세요" 하시는 것이었다. 오 마이 갓! 세상에 이런 일이! 우리는 너무 무섭고, 놀랍고, 당황스러운 나머지 그만 "꺄아아아아아아아아!" 하고 큰 소리로 비명을 지르며 미친 듯이 도망쳐버렸다. 도망치면서도 우리가 너무 심했나 싶어서 슬쩍 돌아보니, 외할아버지는 아주 난감한 표정으로 바위 앞에 서서 우리를 물끄러미 바라보고 계시는 것이었다. 그래서 우리는 우리끼리 "할아버지 쫌 불쌍하다 그치? 커피 한 잔 줄 걸 그랬나?" 하고 죄송해했던 기억이 있다.

돌이켜 생각해보니, 명절 때마다 또 방학 때마다 친가에 가느라 외가에는 거의 못 갔었다. 내 동생은 어렸을 때, 엄마가 "할머니 집 가자~" 하니까 친가에 가는 줄 알고 좋다고 따라갔다가 도착하고 보니까 외가라서 울고불고 대성통곡을 했었다고 한다. 외할머니가 서운해하시며 "왜 친가만 좋아하고 외갓집은 안 좋아해?" 하고 물어보시자 내 동생이 당당하게 "외할머니는 나한테 아무것도 안 사주잖아!" 하고 울면서 말했다고 한다.

그때 외할머니가 웃으시면서, "얌전해 보여도 자기가 하고 싶은 말은 다 한다"고 칭찬해주시며 데리고 나가서 갖고 싶다는 것을 많이 사주셨다는 이야기도 들은 적이 있다.

그나마 어릴 때는 자주 갔지만, 커서는 부산이 워낙 멀고 또 나름대로 바쁜 일이 많이 생겨서 외할아버지, 외할머니를 자주 못 찾아뵈었다. 그래서 그런지 오랜만에 뵐 때마다 자꾸 늙으시는 것 같아 마음이 많이 아프다.

외할아버지 외할머니 오래오래 사세요~

종이비행기를 접어준 현중이

가끔 야외로 나가고 싶을 때가 있다. 그것은 어디론가 멀리 여행을 떠나고 싶은 기분과는 또 다른 기분인데, 그럴 때 늘 가는 곳이 금강이다. 서울에서 가려면 단순한 드라이브치고는 꽤 멀다. 차를 타고 가면 약 2시간 반 정도 걸린다. 막상 금강에 머무는 시간은 1시간 정도뿐이고 차를 타고 이동하는 시간이 훨씬 길지만 그래도 한번 다녀오면 기분전환도 될 뿐만 아니라, 그것도 어디론가 나갔다 온 거라고 몸살이 날 때도 있다. 금강에 가서 딱히 뭔가를 하는 것도 없다. 그냥 나는 구슬아이스크림과 핫도그 또는 구슬아이스크림과 치즈스틱을 먹으면서 강을 구경하다가 돌아온다.

어제도 금강에 다녀왔다. 날씨가 정말 화사했다. 어두운 바다색 또는 짙은 녹색으로 보이던 수면 위로 종이로 접은 것 같은 보트들이 구름처럼 떠다녔다. 모든 것들이 찬란하게 빛났고

사람들은 모두 행복해 보였다. 그 장면을 바라보고 있자니 문득 어렸을 때 현중이가 종이비행기를 접어서 나에게 전해주기 위해 우리 차를 쫓아 언제까지고 언제까지고 달려오던 모습이 떠올라 나도 모르게 웃음이 나왔다.

나랑 한 살 터울인 사촌동생 현중이는 어렸을때 마치 친남매처럼 사이좋게 자랐다. 현중이는 나를 좋아하는 마음이 지나쳐 늘 나를 괴롭히고, 놀리고, 못살게 굴었고, 그럴 때마다 나는 울고불고 어른들한테 이를 거라고 협박하고 그러다 가끔은 한대 맞고 대성통곡하고 이렇게 자라온 것이다. 그렇지만 어른들이 현중이에게 이 세상에서 누가 제일 좋냐고 물을 때면, 자기는 기억할지 모르겠지만 첫째가 유미누나, 둘째가 할아버지 할머니, 셋째가 아빠 엄마라고 늘 한결같은 대답을 했던 것이다.

그날도 할아버지 댁에 모두들 모여 있었다. 아마 명절 때였던 것 같다. 우리는 할아버지 서재에서 원고지로 종이비행기를 접으며 놀았다. 할아버지 서재에는 늘 원고지가 쌓여 있었고, 우리는 거기다 그림을 그리며 놀기도 하고 종이접기를 하며 놀기도 했는데 그럴 때마다 현중이는 늘 나보다 종이접기를 잘했다. 이상하게 같은 비행기를 접어도 현중이의 종이비행기는 남달랐다. 내 것은 일단 폼이 나지 않았고 뭔가 어정쩡해 보인다면, 그에 비해 현중이가 접은 것은 종이비행기만이 갖는 특유의 절도 있는 종이 카리스마라고 해야 하나…… 아무튼 그런 것이 있었다. 그날도 나는 현중이에게 내 것도 접어달라고 했다. 그러자 현중이는 그것 말고 더 좋은 것을 접어주겠다며 3단 종이비행기를 접어주겠다고 했다. 현중이는 누나인 나를 괴롭힐 때도 있지만 기본적으로는 따뜻하고 다정한 마음을 가진 부드러운 성격의 소유자였다. 나는 정말 기분이 좋아져서 기다리고 있었는데, 아빠가 이제 그만 집에 갈 시간이 되었다며 가자고 했다. 어린애들을 보면 흔히 엉뚱하고 이해할 수 없는 행동을 할 때가 있다. 그 당시 우리도 참 이상하게 종이비행기 하나만 접으면 된다고 잠시만 기다려달라고 말했으면 될 일인데 그 말 할 생각은 미처 못하고 당황하기 시작했다. 나는 안타까워서 발을 동동 굴렀고 현중이는 신들린 속력으로 미친 듯이 비행기를 접기 시작했다. 그러나 3단 비행기이기 때문에 비행기를 3개나 접어야 했고 시간은 절대 우리를 기다려주지 않는 것이었다.

마지막 비행기 하나를 남겨두고 결국 나는 아빠를 따라 할아버지 댁에서 나와야만 했다. 우리가 엘리베이터를 타고 내려오는데 현중이가 계단으로 뛰어 내려오는지 쿵쾅거리는 발소리가 온 복도에 찌렁찌렁 울려퍼졌다. 제발 현중이가 우리보다 빨리 뛰어 내려가야 할 텐데…… 제발 엘리베이터보다 먼저 현중이가 일층에 도착해 있기를…… 마음속으로 내가 얼마나 간절하게 걱정을 했는지 모른다. 그렇지만 내가 차에 탈 때까지도 현중이는 내려오지 않았다(그러니까 왜 아빠한테 사실을 말하지 않았는지 그 당시 나의 정신세계를 아직도 정말 모르겠다)!

나는 차에 타서도 계속 뒤돌아서 현관 쪽만 바라보았다. 제발 빨리 와야 할 텐데. 차가 막 출발하려는데 이윽고 현관에서 현중이가 달려나오는 모습이 보였다. 나는 그 장면을 아직까지도 생생하게 기억하고 있다. 현중이는 벌게진 얼굴로 아파트 현관을 쏜살같이 뛰어나와 한 손에 3단 종이비행기(비행기 3개 접어서 겹친 것!)를 들고 전속력으로 차 뒤를 따라 달려오고 있었다. 나는 비명을 지르며 차를 세워달라고 말했고 이윽고 그 모습을 발견한 아빠가 깜짝 놀라 차를 세우고, 내려서 현중이에게 대체 무슨 일이냐고 물어보자 이걸 누나한테 주려고 했다고 말했다. 아빠는 현중이가 들고 있던 3단 종이비행기를 다정하게 웃으며 받아서 나한테 주셨다.

　나는 꽤 오랫동안 그 비행기를 소중하게 간직하고 있었는데 지금은 어디로 갔는지 모르겠다. 이사하다가 잃어버렸거나 청소하다가 엄마가 모르고 버렸거나 그랬던 것 같다. 그렇지만 현중이는 나에게, 앞으로 살아가면서 기억할 때마다 미소지을 수 있는 보석처럼 빛나는 소중한 추억 하나와 다정한 마음을 전해준 셈이다. 물론 그 애는 기억할지 어떨지 모르겠지만…….

사랑이라는 것

어쩌다 보니 나는 주로 여자들만 모여 있는 곳에서 생활을 하게
되었다.

많은 여자들 틈에 끼어서 생활하다 보면 여자들의 특성에
대해서 너무 잘 알게 되는데, 이제까지 나의 관찰에 따르면 다
른 점에 있어서는 사람들마다 천차만별일지 몰라도 사랑에 빠
지게 되었을 때만은 대부분 공통적인 성향을 보이는 것 같다.
여자든 남자든 일단 인간이 사랑에 빠지면 눈과 귀가 멀기 때문
에 때로는 엽기적인 행각도 서슴지 않고 저질러서 망신을 당하
기 십상인데, 더 우스운 것은 그럴 땐 이미 사랑에 눈먼 바보 상
태가 되어 있기 때문에 자신이 지금 망신을 당하고 있는 줄도 모
른다는 것이다. 이 얼마나 안타까운 일인가! 단 한 가지 해결책
이 있다면 주변에 카리스마 넘치는 상담자를 두고 때때로 도움
을 요청하는 것뿐이다. 친한 친구나 자매나 엄마…… 이런 주

변인의 도움이 사랑에 빠진 바보들에겐 큰 도움이 된다. 그러나 도움을 줄 수 있는 존재가 되기 위해서는 꼭 카리스마가 있어야 한다. 왜냐하면 사랑에 빠진 사람들은 너무나 독단적인 상태가 되어버리기 때문에 좀처럼 타인의 말에 귀를 기울이지 않기 때문이다. 그래서 웬만큼 카리스마가 없는 사람이 섣불리 충고의 말을 건네다가는 무시를 당하거나 화를 면치 못하게 되는 경향이 있다.

내 친구들 중에 남자를 보는 눈이 아주 훌륭한, K라는 보석 같은 친구가 있다. 귀엽고 연약하며 사랑스러운 외모와는 달리 언행은 어쩌나 터프한지, 한번은 그 친구가 전화로 누구와 싸우는 모습을 목격하고 놀라서 벌벌 떨었던 적도 있었다. K는 참 신기하게도, 어떤 커플이 지금 현재 열정적인 사랑에 빠져 겉으로 보기에 완벽한 커플처럼 보일지라도, 가까운 미래에 결별을 하고 말게 될 거라는 것을 알아맞힌다. 그리고 그런 생각들을 마음속에 담아두는 데 그치지 않고 "흠…… 남자가 좀 아닌 것 같애. 그냥 헤어지는 게 어떨까?"라고 말해서 타인으로 하여금 K를 아주 못됐다고 생각하게끔 만드는 언행도 서슴지 않아 미움을 사기도 했다. 하지만 시간이 좀 지나면 K의 경고대로 그 남자의 이상한 성격이 만천하에 드러나게 되고 그 커플은 곧 헤어지

게 되는 것이다. 당시에 어리고 사람 보는 안목이
전혀 없던 나로서는 그런 모습이 너무나 신기하기
도 하고 또 멋져 보이기도 했다.

　　한번은 내가 어떤 남자에게 한눈에 반한 적
이 있었다. 그 사람에 대해서 아무것도 알지 못
하는데도 불구하고 나는 당연히 그 사람이 아
주 멋지고 다정하고 센스 있는 남자일 거라고
멋대로 상상하게 되었고, 그러다 보니 나도
모르게 정말 그런 사람이라는 확신을 가지게 되었던 것이
다. 그래서 나는 자랑하기 위해서 남자 보는 눈이 훌륭한 그 친
구에게 나랑 함께 그 남자를 만나서 그 남자가 어떤지 한번 봐달
라고 부탁을 했고 그 친구는 기꺼이 그렇게 해주었다. 그 남자
를 만나고 돌아온 그날 저녁에 K는 나한테 "흠…… 인상이 딱
보기에도 정말 더럽구나. 내가 보기에는, 지금은 다정한지 몰
라도 나중엔 결국 여자를 팰 인상이야"라고 말하는 것이었다.
"여자를 팬다고? 너는 어떻게 그렇게 심한 말을 할 수가 있
어?" 나는 갑자기 기분이 너무 나빠져 안색이 확 바뀌고, 거기
에 대해서 더 이상 K하고는 한마디도 하지 말아야겠다고 결심
했다. 그렇지만 정말 얼마 안 가서 나는 그 남자가 왠지 모르지

만 조금 경박하고 또 내가 생각했던 것만큼 멋진 사람이 아니라는 것을 알게 되었다. 나는 K에게 "정말 니 말이 맞았어! 넌 정말 남자 보는 눈이 훌륭해! 넌 어쩜 그리 똑똑하니? 이제부터는 니 말만 들을 거야. 니가 아무리 나쁜 말을 하더라도 절대 화내거나 예전처럼 얼굴색이 변하면서 삐치거나 하지 않을게" 하고 말했다. 그러자 그 남자 보는 눈이 훌륭한 K는 콧방귀를 뀌면서 냉소적인 표정을 지으려고 노력하며 한번은 이런 일이 있었다고 무시무시한 이야기를 해주었다.

우리의 또다른 친구 중엔 A양이라는 매우 품행이 방정하고 종교에 심취해 있는 청순한 친구가 있었다. 그 친구에게 처음으로 남자친구가 생긴 것이었다. 난생 처음으로! 그래서 A양은 뭘 어찌 해야 할지 몰라 남자 보는 눈이 훌륭한 K에게 평소 연애에 대해 많은 도움을 받았고, 이윽고 그 남자친구를 K에게 소개하기에 이르렀다. 그러자 K는 남자 보는 안목을 발휘해 그 남자에 대해 이렇게 평가해주었다고 한다. 정말 아니니까 어서 헤어지라고! 그러자 글쎄 이 순진하기 짝이 없는 A양이 그 말을 토씨 하나 안 빼고 자기 남자친구에게 달려가서 모조리 일러바친 것이었다. 그러자 이 남자친구는 노발대발해서 화를 내고 길길이 날뛰며 뭐 그런 여자가 다 있냐면서 A보고 앞으로 K하고는 절대 같이 놀지 말라고 했다는 것이다. 그랬더니 진짜 A양이 K 와는 다시는 안 놀겠다고 선언하고 6개월 동안이나 연락도 끊고 서먹서먹하게 지냈다고 했다. 그렇지만 결국은 남자 보는 눈이 훌륭한 K의 예언대로 둘은 이별을 하게 되었고, A양은 반성하 며 돌아와 용서를 빌었고, 그래서 둘은 다시 화해하고 예전처럼 절친한 친구가 되었다는 이야기였다.

무시무시한 표정으로 그 이야기를 해주면서, 내가 그때 뭘 느꼈는지 아냐며 바로 이러한 교훈을 하나 얻었다고 했다. '남 의 연애에 감 놔라 배 놔라 하지 말자!' 그러더니 "내가 A양 때 한번 당해봐서 느낀 바가 참 컸는데도 또 쓸데없는 오지랖을 발 휘해서 하마터면 너하고도 멀어질 뻔했다"며 "내가 그때 니가 좋아하는 남자더러 인상이 더러워 보인다고 했을 때, 니 표정이 순식간에 어두워지는 것을 보고 또 괜히 쓸데없이 참견했다고 후회를 막심하게 했었어"라며 "앞으로 니 일은 니가 알아서 하 든지 말든지 이제 나는 남의 연애에 대해 충고해주는 것에는 손 을 떼겠어"라고 선언했다. 나는 너무 무서워서 벌벌 떨었다.

남자 보는 눈이 훌륭한 K의 남자친구는 실제로 정말 훌륭 한 청년이었다. 나는 예전에 그 친구의 남자친구랑 대학로에서 같이 밥도 먹고 호프집에 가서 놀았던 적이 있었는데, 정말 이루 말할 수 없이 다정하고 자상하고 또 힘들고 어려운 순간에 서로 존재하는 것만으로도 위안이 될 수 있는 그런 사이였다. 나는 그것을 보며 연인이란 정말 저래야 하는 것이 아닐까…… 하는 생각을 했었고, 마음 깊은 곳에서부터 그 둘을 진심으로 축복했다. 그리고 그 둘은 지금까지도 사랑하고 있다. 그런 걸 보면, 사랑이라는 감정 자체가 사실은 화학반응이라서 사랑의 기간이 2년 6개월이다, 3년을 넘지 못한다…… 하는 말들은 다 쓸데없는 말이라는 생각이 든다.

나에게도 가끔 남자 문제로 전화해서 한도 끝도 없이 질질 짜면서 상담을 하는 친구들이 있다. 평소에는 똑 부러지고 누구보다 멋진 여성들인데 사랑 앞에서만은 한없이 약하디약한 어린 양이 되고 마는 그녀들을 보면서 '내 친구를 이렇게 만든 자가 대체 누구야! 나쁜 놈 천벌을 받아도 시원치가 않다!' 하고 화가 나기도 하고, 때로는 "그깟 남자가 대체 뭐라고 니가 이렇게 우니?" 하고 말하며 짜증을 낼 때도 있다. 그럴 때는 친구가 바보처럼 느껴져 마음이 아프다. 하지만 근본적으로, 사람에게 의외로 약한 면이 없다면 그는 좀처럼 매력적인 사람이 아니라는 생각이 든다. 그리고 누구든지, 어떤 특정한 한 사람 앞에서

만은 한없이 약해질 수밖에 없고 또 무방비 상태가 될 수밖에 없는, 그런 의미 있는 누군가를 갖는다는 것! 그 자체만으로도 멋진 일이고 행복한 일이라는 생각이 들기도 하는 것이다.

시 업계에서는
그분이 킹이라지요?

할아버지 장례를 치르는 동안 어른들과 남자 사촌들은 대부분 장례식장에서 밤을 샜지만, 나는 밤이 되면 이모 집에 가서 자고 그 다음 날 새벽에 다시 장례식장으로 가곤 했다. 그래서 이모부께서 밤에 데리러 오시고 다음 날 새벽에 데려다 주시느라 고생이 많으셨다. 덕분에 이모부께서 새벽 골프 연습을 계속 빠지셨다고 한다.

할아버지 장례가 끝나고 평소대로 새벽에 골프 치러 나갔더니 함께 골프를 치시는 이모부의 친구분께서, "문 사장 요즘 왜 이렇게 안 나왔어?" 하고 물으셨다고 한다. 이모부가 그 친구분께 처형 시아버님이 돌아가셔서 조카를 태워다 주고 어쩌고 하느라 그랬다고 자초지종을 설명하시던 중, 그 돌아가셨다는 처형 시아버님 되시는 분이 김춘수 시인이라는 데까지 이야

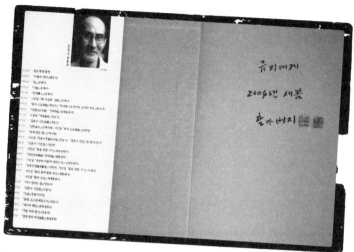

할아버지께서는 새 책이 나올 때마다 언제나 사인을 해서 주셨다

기가 나왔다고 한다. 그러자 그 친구분께서는 그렇게 된 거였냐고 말씀하신 뒤 평소대로 각자 연습을 하셨다고 한다.

그런데 다음 날 그 친구분께서 이모부에게로 다가오시더니,

"어제 문사장네 처형 시아버님 되신다는 그분 말이오…… 알고 보니 시 업계에서는 그분이 킹(king)이라지요?" 하고 말씀하셨다는 것이다.

이모부는 너무 웃겨서 그 이야기를 이모에게 전했고, (아무래도 나에게 그런 우스운 이야기를 전하시기에는 그 당시 상황이 상황이니만큼 조심스러우니까 이모에게만 살짝) 너무 웃겨서 도저히 참을

수 없어진 이모는 또 그 이야기를 나에게 전하셨다. 나는 그 이야기를 듣고 오랜만에 웃었다. '시 업계'라니…… '업계'…… 흠흠…….

그런데 알고 보니 그 말씀을 하셨다는 그 이모부 친구분은 예식장 업계의 킹이라고 한다.

얼굴을 가린 나의 신부여

사람들은 일반적으로 내가 김춘수 시인의 손녀라는 말을 들으면 "우와! 그러면 너는 할아버지와 시에 대한 이야기를 많이 나누었겠네?" 하고 물어본다. 그렇지만 불행하게도 현실은 그렇지 못했다. 워낙 발상 자체가 유치했던 내가 시인이란 시인은 모조리 다 할아버지의 라이벌로 여긴 나머지, 할아버지께서 요즘 읽은 시 중에서 어떤 시가 좋았냐 또는 좋아하는 시인이 있냐고 물어보시면 무조건 "절대 없다"고 대답했기 때문이다. 그래서 나와 할아버지는 시 또는 시인에 대한 이야기를 도저히 나눌 수가 없었다.

할아버지는 내가 대학에 입학한 다음부터 나의 대학 생활에 대한 이야기를 듣는 것을 좋아하셨다. 우리 과에는 어떤 교수님이 있는지, 그 교수님은 어떤 수업을 하시는지, 어떤 동아

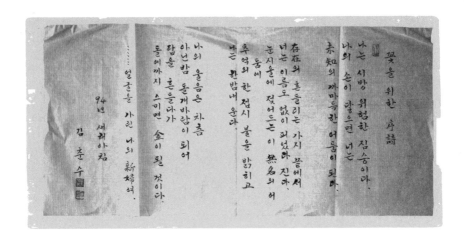

리에 들어가 어떤 친구들을 사귀며 어떤 책을 읽는지 늘 관심을 갖고 물어보셨다. 그러고는 "나쁜 친구들과 어울리면 안 된다" 라든지, "선배가 술을 마시라고 해서 못 먹겠는데도 억지로 참고 마시면 안 된다"라든지, "이성친구를 사귈 때는 꼭 할아버지나 엄마한테 의논하라"든지, 등등의 주의를 주시곤 했다. 그렇게 이런저런 이야기를 나누다 보면 어느새 이야기는, 아무래도 내가 국문과 학생이니만큼 늘 시와 시인에 대한 주제로 흘러가게 마련이었다.

할아버지께서 너는 어떤 시인을 좋아하냐고 물어보실 때면, 나는 왠지 솔직하게 말씀드리기가 쑥스러웠다. 앞에서도 말했듯이 시인이란 시인은 모두 할아버지의 라이벌이라고 생각했기 때문이다. 그래서 나는 늘 좋아하는 시인이 없다고 말씀드렸다. 좋아하는 시인도 그다지 없고 좋아하는 시도 그다지 없고, 내가 좋아하는 시인은 이 세상에 오직 할아버지 딱 한 명뿐이고 내가 좋아하는 시는 오직 할아버지가 쓴 시밖에 없다고 말씀드렸다. 그럴 때마다 할아버지는 "에이~ 국문과 학생이 그러면 못 쓴다…… 그래도 시를 많이 읽고, 두루 좋아해야지……"라고 말씀하시면서도 표정이 환하게 밝아지셨고, 속으로는 꽤 기뻐하시는 눈치였다.

그러다 보니 우리가 할 수 있는 시 또는 시인에 대한 대화라고는, 늘 할아버지의 시 또는 김춘수 시인으로 한정적이었다.

아무래도 할아버지 또는 할아버지의 시에 대해서 이야기를 하다 보면 절대로 객관적이지 못하게 되고 아무래도 주관적인 감정이 실리게 마련이니까, 뭔가 깊이 있고 심도 있는 대화를 나누었다기보다는 아주 유치하고 장난스러운 대화를 나누기 일쑤였다. 예를 들면 내가 "할아버지! 그 시집 제목이 왜 그래? 너무 이상하잖아" 하고 말하면, 할아버지는 펄쩍 뛰시며 절대 그 시집 제목은 할아버지가 지은 것이 아니라고, 할아버지도 모르는 사이에 출판사에서 그렇게 정한 거라고 말씀하셨다. 나는 아직까지 그 말씀이 진실인지 아닌지 잘 모른다. 할아버지는 뭔가 곤란한 주제가 나오면 무조건 할아버지는 잘 모르는 일이라고 황급히 둘러대시곤 했기 때문이다.

가끔은 의미 있는 대화를 나누기도 했다. 나는 할아버지의 시 중에서 「꽃을 위한 서시」를 가장 좋아한다. 그래서 그 시에 대한 이야기를 자주 했었다. 그 시는 「꽃」과 함께 가장 알려진 시이기 때문에 학교에서도 자주 배웠고 그래서 할 이야기가 많았다.

나는 "학교에서 그 시를 이렇게 배웠고 저렇게 배웠고" 하면서 "그런데 나는 이런 것 같기도 하고 저런 것 같기도 하다"고 말씀드리며 마구 잘난 척을 했었다. 그러고는 끝에는 꼭 할아버지께 할아버지는 어떻게 생각하시냐고 여쭈어보곤 했다. 그럴 때면 할아버지는 시는 읽는 사람이 어떻게 받아들이는지가 중요한 것이고, 교수님 앞에서 괜히 잘난 척하면서 "우리 할아버지가요~ 이건 이런 거구요, 저건 저런 거래요~"하고 말했다가 혹시 미움이라도 받게 되면 큰일이니, 그저 교수님께서 가르쳐주시는 대로 수업 시간에는 최대한 얌전하게 있으라고 당부하시곤 했다.

나는 늘 마지막 구절에 '얼굴을 가리운 나의 신부여' 라는 부분이 정말 마음에 들면서도 이해가 가지 않았다. 하루는 할아버지께 "할아버지! 왜 하필이면 얼굴을 가린 신부야?"하고 여쭤본 적이 있었다. 할아버지께서는 웃으시며 세상에서 가장 아름다운 것이 뭐라고 생각하냐고 물어보셨다. 내가 "글쎄……"

하며 한참을 고민하자, 할아버지 생각에는 남자에게 있어서 이 세상에서 제일 아름다운 것은 바로 신부가 아닐까 싶다고 하셨다. 그 누구의 신부도 아닌 바로 나의 신부! 그러나 만약 그 신부가 얼굴을 가리우고는 보여주지 않는다면 얼마나 안타깝겠냐고 말씀하셨다. 정말 안타까운 표정을 지으시며…….

서정주의 소설의 특징

할아버지가 돌아가신 학기의 기말고사 시간이었다.

할아버지가 갑자기 돌아가셨다는 그 충격 때문에 나는 시험 공부를 하지 못했다. 장례식 때문에 수업에 빠진 부분은, 친구들이 노트 필기까지 복사해 주었는데도 말이다. 아무튼 나는 백지 상태로 시험장에 들어갔다.

그런데 시험 문제 중, 서정주의 소설의 특징에 대해 쓰라는 문제가 있었다. 당연히 '서정주의' 소설의 특징에 대해 쓰라는 문제였는데도 불구하고, 잠시 착각을 했던 나는 '서정주'의 소설의 특징에 대해 쓰라는 것으로 잘못 이해하고 말았다.

그 순간 나는 그렇게 놀랄 수가 없었다. 서정주 시인이 시를 쓴 것은 대한민국의 모든 사람이 잘 알고 있는 사실이지만, 어느새 소설까지 썼단 말인가! 대체 언제? 어떤 내용으로?

놀란 마음을 진정시키며 일단 다른 문제부터 대충 풀고 나서 다시 그 문제에 직면해보기로 했다. 그렇지만, 아니 대체 언제 소설을 썼을까? 나는 생전 듣도 보도 못한 이야긴데? 내가 수업을 빠져서 그런가? 그분이 돌아가시고 나서 미공개 소설이 발표됐나? 하는 별별 생각이 다 드는 것이었다. 실제로도 할아버지에겐 자전적 소설이 있다. 자전적 소설이라기보다는, 내가 보기엔 할아버지의 어린 시절 이야기를 쓴 에세이 같은데, 아무튼 책 겉표지에는 '김춘수 시인의 자전적 소설'이라고 씌어 있었다. 갑자기 그것이 떠올랐다.

혹시 서정주 시인에게도 자전적 소설이 있나? 하긴! 없으라는 법도 없지! 그렇다면 그 소설의 특징은 무엇일까에 대해 곰곰이 생각을 해보았다. 그렇지만 수업을 듣지 않은 나로서는 도무지 알 길이 없는 것이었다. 그래서 그냥 그 문제는 틀리는 수밖에 없다고 생각했다. 내가 무슨 수로 읽어보지도 않은 소설의 특징까지 알 수 있겠냐는 말이다.

그렇지만 너무나 놀라운 일이었다. 서정주 시인에게 남모르는 소설이 있었다니! 도저히 참을 수 없어진 나는 이렇게 적어두었다.

"대체 서정주 시인이 언제 소설까지 쓰셨나요? 저는 정말 모르는 이야기인데…… 정말 소설까지 쓰셨나요? 정말 놀라운 일이에요!"

시험이 끝나고 친구들과 답을 맞춰보던 중, 나는 나의 치명적인 실수를 알아버리고 말았다. 이럴 수가! 대체 이게 무슨 망신이람! 나는 조교실로 달려가 조교 언니에게 사실을 말하며, 교수님께서 내 답안지를 보시고 심장마비 걸리지 않도록 미리 좀 잘 말씀드려달라고 부탁을 했다. 그러자 조교 언니가 배를 잡고 웃으며 걱정 말라고 언니가 미리 다 말씀드려 놓겠다고 나와 단단히 약속을 했다. 그러고는 교수님께 "놀라지 마세요~" 하며 대충 상황을 말씀드렸고, 그래서 다행스럽게도 상황을 알고 답안지를 받아보신 교수님께서는 놀라시기보다는 박장대소를 하셨다고 한다. 그리고 수업 시간에 모두의 앞에서 "얘! 유미야! 너 김춘수 시인 손녀가 이게 무슨 망신이니!" 하시며 즐거워하셨고 나는 정말 진심으로 부끄러웠다. 그렇지만 교수님께서는 따옴표를 제대로 표기하지 않은 교수님의 잘못이라고 말씀하시며, 오히려 나에게 상상력이 매우 풍부한 아이라고 칭찬까지 해주시는 것이었다. 그리고 실제로도 서정주 시인이 남몰래 소설을 쓴 뒤 책상 서랍 안에 감춰두었을지도 모르는 일이 아니겠냐

고 말씀하시며, 50년 정도 지나고 우연히 그것이 발견될지 대체 그걸 누가 알겠냐면서 또다시 즐거워하셨다. 그리고 심지어 나에게, 이 문제만 본다면 너무나 창의적인 생각에 A+를 주시고 싶은 심정이지만, 내가 다른 문제도 많이 틀렸기 때문에 그렇게는 하시지 않겠다고 말씀하셨다.

그리고 몇 년이 흐르도록 두고두고 후배들의 수업 시간에 그 이야기를 하신다고 한다. 수업 시간에 그 이야기를 들은 후배들이 가끔 "언니! 진짜 그랬어요?" 하고 물어볼 때면, 나는 정말 부끄러운 나머지 쥐구멍에라도 숨고 싶은 심정이 되고 만다.

할아버지 할머니 산소에 찾아가 담요를 태운 사연

할아버지가 돌아가신 다음 해 겨울이었다. 그해 겨울은 나에게
는 유난히도 추웠다.

　어느 날 외할아버지께서 건강이 안 좋으시다고 하여, 부모
님은 모처럼 외갓집에 가셨다.
　외갓집에 가기 전날 엄마는 동생의 요청으로 마트에서 요
즘 고등학생들 사이에서 온몸에 둘둘 감고 다니는 것이 유행이
라는 작은 담요를 사시며 외할아버지를 떠올리셨다고 한다. 외
할아버지께서 의외로 이런 아기자기하고 귀여운 소품을 좋아하
신다는 것이다. 그래서 외할아버지께 드릴 것도 하나 사셨다고
하셨다. 엄마가 외갓집에 가실 짐을 챙기는 동안 우리는 이런저
런 이야기를 나누었고, 나는 엄마에게 "엄마! 담요 깜빡하고 안
가져가면 안 되니까 미리 넣어봐" 하고 말했다. 다음 날 엄마와

아빠는 새벽에 떠나셨고, 나는 배웅을 한 뒤 다시 방으로 돌아와서 잠을 자기 시작했다. 얼마나 잤을까…… 이런 꿈을 꾸었다.

정말 현실과도 같은 꿈이었다. 내가 분명히 아빠와 엄마를 배웅하고 내 방으로 들어와서 침대에 누워서 자고 있었던 것 같은데, 잠에서 깨어나보니 거실에 있는 소파에서 자고 있는 것이 아닌가. 그런데 벨소리도 없이 현관 문이 저절로 열리더니 돌아가신 할아버지께서 스르륵 들어오시는 것이었다. 무섭다기보다는, '어? 이게 웬일이지?' 싶었다. 할아버지는 거실로 들어오지는 않고 현관에 엉거주춤한 포즈로 서 계셨다. 나는 "할아버지 왜 거기 있어? 할아버지 빨리 들어와~ 빨리!"하면서 할아버지 곁으로 가서 손을 잡으려고 했다. 그러자 할아버지가 슬그머니 몸을 뒤로 빼시며 아주 슬픈 눈으로 "너무 추워" 하고 말씀하시는 것이었다. 나는 "무슨 소리야? 너무 춥다고? 어디가? 무덤이 추워?" 하고 물었다. 그러자 할아버지는 다시 한 번 그저 "너무 추워" 하고 말씀하시는 것이었다. 나는 너무 답답해서 "그러니까 어디가 추워? 무덤이 추워?" 하고 다시 물었다. 할아버지는 잠시 동안 나를 보시다가, 따라오지 말라는 말을 남기시곤 다시 문을 열고 나가셨다. 나는 그런 할아버지의 등에 대고 큰 소리로 "할아버지! 걱정하지 마! 아빠는 지금 외갓집에 갔는데, 아빠가 돌아오면 내가 전부 다 말하고 방법을 찾을게!" 하고 외쳤다. 그리고 잠에서 깼다. 나는 내 방 침대에 누워 있었다.

잠에서 깨고 나서 너무 무서워서 벌벌 떨었다. 어찌나 생생한지 이게 꿈인지 현실인지 분간이 안 가는 것이었다. 한참 동안 거실로 나가지도 못하고 방 안에서 떨고 있었다. 왠지 지금 방문을 열면 할아버지가 현관에 계실 것만 같아 두려웠다. 아무리 할아버지가 유령이 되어 나타났다고 해도 그래도 우리 할아버지니까 무섭지 않다고 나 자신을 위로해봐도, 혹시라도 유령이 된 할아버지를 만나게 될까봐 그렇게 무서울 수가 없는 것이었다. 오후쯤 되자 간신히 밖으로 나올 수는 있었지만 그래도 하루 종일 아무 일도 손에 잡히지 않았다. 아빠 엄마가 돌아오시면 꿈에 대해서 말을 해야 하나, 말아야 하나 혼자서 얼마나 고민했는지 모른다. 나는 필시 할아버지 산소에 어떤 큰 문제가 생겨서 이런 꿈을 꾼 것이라고 확신했다. 보통 산소에 문제가 있으면 자식들의 꿈에 나타난다고 하지 않는가! 뭐 비가 샌다거나 아니면 그 자리가 유독 바람이 세다거나 이런 문제가 있을 거라고 여겨져, 아빠가 돌아오시는 대로 말씀드려 친척들을 긴급 소집한 뒤 풍수지리학자를 어디선가 섭외해서 기필코 이 일을 해결해야겠다고 마음먹었다.

그날 저녁 늦게 부모님이 돌아오셨다. 그런데 나는 차마 꿈

독자와의 만남에 참석하신 할아버지와 할머니

온 가족의 경주 여행

이야기를 하지 못했다. 다음 날 아무리 생각해봐도 무섭고 또 예감이 좋지 않아서 엄마한테 말씀드렸다. 엄마도 내 이야기를 듣고는 아빠가 오시면 함께 의논해보자고 하셨다. 그러면서 정말 산소에 문제가 있는 거라면, 할아버지가 분명 큰고모나 아빠나 아니면 다른 어른들 꿈으로 찾아가시지, 아무리 너를 예뻐하셨다지만 적어도 엄마 생각엔 너한테 오시지는 않을 것 같다고 말씀하셨다. 그래도 혹시 모르니까 이따 상의해보자고 하셨다. 아빠가 퇴근해서 집에 돌아오셨을 때 나는 처음부터 끝까지 상세히, 그러나 왠지 감정이 격해져서 엉엉 울면서 말씀드렸다. 처음에는 아빠도 굉장히 동요하시는 것 같았다. 할아버지가 정말 슬픈 표정이었다는 것(내가 좀더 과장해서 말하긴 했지만 그래도!), 그리고 춥다고 말했다는 것! 아무리 꿈이라지만 사랑하는 가족을 떠나보낸 나머지 가족들에게 이보다 마음을 아프게 하는 것이 또 있을까! 그러나 아빠는 곧 이성을 찾으시고는 얼마 전에도 산소에 다녀왔지만 아무 이상 없었다며, 꿈은 다 자기가 생각한 대로 나타나는 거라고 네가 너무 할아버지 생각을 많이 해서 그런 꿈을 꾸지 않았나 싶다며 별 큰 문제는 아닐 거라고 하셨다. 그리고 이런저런 다른 이야기를 나누는데 갑자기 엄마가 평소 뭔가를 알아냈을 때 자주 짓는 표정을 지으시며 무릎을 탁 치시는 것이었다.

엄마는 나에게 아무래도 외할아버지한테만 담요를 사다 드린 게 마음에 걸리는 거 아니냐고 물으셨다. 미처 생각은 못했지만 외할아버지께 담요를 사다 드린다는 말을 들은 순간 저 머나먼 잠재의식의 바닥에서 '겨울인데…… 우리 할아버지도 추울 텐데……' 하는 생각이 들었던 게 아니냐고…… 그래서 아빠랑 엄마가 예쁘고 귀여운 담요를 들고 외갓집에 가려고 문을 나서자마자 그런 꿈을 꾼 것 같다고 말씀하셨다. 아빠와 나는 즉각 이 의견에 동의했다. 아빠랑 엄마는 웃으시며, 이렇게 생각해주는 손녀가 있으니까 할아버지는 정말 행복한 사람이라고 말씀하셨다.

나는 특정한 종교도 없고 원래부터 미신 같은 것은 잘 믿지 않는다(귀신이나 유령은 정말 무서워하지만). 그러나 가족일 경우에는 다른 것 같다. 미신이든 뭐든 그래도 뭔가를 하지 않으면 마음이 영 편하지 않은 것이다. 미신인 것은 알지만, 모르면 몰랐지 이렇게 알게 된 이상 도무지 마음이 편치가 않아서 결국 나는 외할아버지 것과 똑같이 생긴 작고 귀여운 담요를 샀다. 이렇게 추운 겨울인데, 할아버지 것만 사면 할머니가 서운하지는 않을까 하는 생각에 두 개를 구입했다. 나는 아빠 엄마와 함께 그 담요 두 개를 가지고 할아버지 할머니 산소를 찾아갔다. 사실 정말 오랜만에 가는 산소였다. 산소에서 약간의 시간을 보내고는 산소를 관리하는 곳에 가서 담요 두 개를 태워도 된다는 허락을 받아 담요를 태웠다.

저기 저 머나먼 하늘로 멀리멀리 올라가는 연기를 보면서, 자기 만족이라는 것은 나도 잘 알지만, 그리고 살아 계실 때 잘했어야지 돌아가시고 나서 아무리 이래 봐야 아무 소용 없다는 것 또한 잘 알고 있지만, 그래도 왠지 이번 겨울은 할아버지 할머니가 따뜻하게 보낼 수 있을 것만 같아서 내 마음이 한없이 푸근했다.

낙서장, 이그램

그림

차례

둘  유빈의 추억

머리말 ··· 197

언니 언니 우리 언니 — 시와 짧은 산문

초등학교 1학년 내 짝꿍 김창기 ··· 202

커피 예찬 ··· 206

달맞이꽃 ··· 209

새벽녘 ··· 214

멍길이 ··· 217

명일동 ··· 225

미아 ··· 228

조화 ··· 231

허브 ··· 234

가로등 ··· 238

귀로 ··· 241

꼬마 울보의 이야기 - 산문 모음

꼬마 울보 이야기 ··· 246

여섯 살 소녀의 첫 소설 ··· 250

할아버지와 대머리 인형 ··· 254

할아버지는 내 차지! ··· 258

술래잡기 ··· 262

선물 ··· 265

서점에서 있었던 일 ··· 269

어린 시절의 창작 활동 ··· 272

비밀노트 7호 - 일기

2000년 7월 14일 금요일(제목:암석) ··· 276

2000년 7월 15일(제목:온천) ··· 278

2000년 7월 16일 일요일(제목:물고기 기르기) ··· 280

2000년 7월 18일 화요일(제목:통장) ··· 282

2000년 7월 20일 목요일(제목:책) ··· 284

2000년 7월 23일 일요일(제목:언니 친구가 놀러 왔다!)

··· 287

2000년 7월 27일 목요일(제목:엄마의 파마) ··· 289

2000년 8월 12일 금요일(제목:내일은 부산으로!) ⋯ 291

2000년 8월 17일 수요일(제목:할아버지)　　　⋯ 293

2000년 8월 18일 금요일(제목:우리 언니)　　　⋯ 295

2000년 8월 22일(제목:숨기 놀이)　　　　　⋯ 298

내가 빗방울이라면 － 동시

시계　　　　　　　　　　　　⋯ 302

양말　　　　　　　　　　　　⋯ 303

바다　　　　　　　　　　　　⋯ 304

둥근 빗방울　　　　　　　　　⋯ 305

내가 빗방울이라면　　　　　　⋯ 306

책　　　　　　　　　　　　　⋯ 307

단풍잎　　　　　　　　　　　⋯ 309

욕심쟁이 눈　　　　　　　　　⋯ 310

겨울을 헤치고　　　　　　　　⋯ 311

발자국　　　　　　　　　　　⋯ 312

머리말

누구에게나 아득한 과거의 추억처럼 다가오는 단어가 있을 것이다.

들었을 때 기억이 날 듯 말 듯한, 그러나 왠지 생각하면 할수록 가슴이 뭉클해지는 그런 단어 말이다. 나에게는 명일동이 그렇다. 자세한 기억은 나지 않지만 들을수록 애잔한 맛이 있다. 내 기억 속의 명일동은 어느덧 10년을 넘어가고 있다. 지금은 그곳에 누가 살고 있고 어떻게 꾸며져 있는지도 모른다. 어쩌면 새 건물이 들어섰을 수도 있다.

명일동 할아버지 댁에는 방이 다섯 개였던 것 같다. 안방과 그 건너편 방 사이에는 복도 구실을 하는 좁다란 통로가 있었다. 그 통로의 한편에는 옷이 잔뜩 걸려 있어서 어렸을 때 사촌들과 항상 그 옷들 사이에 숨어 있다가 화장실에 들어가시려는 할아버지를 놀래켜 드리곤 했었다.

또 항상 햇빛이 내리쬐는 커다란 베란다가 있었다. 그 베란다에는 거북이 두 마리가 온몸을 축 늘어뜨리고 빈둥대며 살고 있었다. 이따금 정말 할 놀이가 없어 심심해지면 나와 동갑내기 사촌오빠는 그 거북이들을 뒤집으며 놀았다.

또 그 집에는 절대 잊을 수 없는 공간이 하나 있었다. 바로 과자벽장이다.

그 당시에 내가 너무 어려서 그렇게 느꼈는지는 모르지만 벽장 문을 열면 과자가 와르르 하고 쏟아져 나올 것처럼 수많은 과자들이 그 안에 잔뜩 들어 있었다. 그것은 마치 헨젤과 그레텔의 과자의 집을 연상케 했다. 우리가 놀러 가는 날이면 할머니께서는 언제나 그 벽장을 가득 채워두셨다. 그럼 우리는 놀다가 언제든지 그 벽장 문을 열고 들어가 여기저기를 기웃거리며 과자를 꺼내 먹었다. 그 벽장은 아주 커서 내 또래의 아이 두세 명은 거뜬히 들어가고도 남았다. 이 과자로 이루어진 커다란 벽장만 생각하면 할머니가 떠올라 괜히 눈시울이 붉어지기도 한다.

놀 것이 정말로 없던 할아버지 댁에도 장난감들이 가득 담긴 커다란 항아리가 하나 있었다. 여기엔 색종이, 탱탱볼, 고무줄, 던지면 빛나는 공, 윷놀이판, 공기…… 뭐 이러한 잡다한 것들이 두 개씩, 세 개씩 겹쳐지게 아주 많이 들어 있었다.

언니와 나 그리고 사촌들이 할아버지 댁에 놀러 가서, 할아버지나 할머니를 졸라 장난감을 잔뜩 산 뒤 집으로 돌아갈 때 잊어버려서, 혹은 잃어버려서 두고 간 자질구레한 장난감들을 할머니께서 다 모아다가 그 안에 넣어두셨던 것이다. 정말 할 것이 없으면 한 번씩 손을 넣고 뭐 좋은 게 있나 하고 뒤집곤 했던 항아리다.

또 하나 절대 빠뜨릴 수 없는 소중한 곳이 있다.

바로 할아버지 서재다. 아주 어렸을 때 이곳은 위엄이 있는 엄숙한 곳이었다. 감히 들어갈 수 없는……. 하지만 커가면서 이곳은 심심함을 달래주는 놀이터 구실을 했다. 가끔씩 할아버지 서재 방바닥에 누워 할아버지 원고지에 그림을 그리곤 했다. A4 용지가 없었기 때문인데 언니는 새 원고지는 네가 쓰기에는 너무 아깝다고 하며 꼭 그림을 그려야겠다면 헌 원고지에 그리라고 했다. 첫번째 칸 서랍 속을 뒤지면 할아버지께서 쓰시던 시의 초고가 여럿 발견되었다. 그런 원고지 한 뭉치를 발견할 때면 나는 이면지 활용하듯 그 뒷면에 그림을 그리고, 종이비행기를 접고, 가위로 마구 오리고, 딱지를 접곤 하였다. 생각해보면 그 한 장 한 장이 너무 소중하고 가치 있는 것들인데 그 당시의 내가 알 턱이 없었다. 서재의 책장에는 오래된 편지들도 많이 들어 있었는데 그 오래된 편지들에 붙어

있는 우표를 떼면서 시간을 보내기도 했었다.

이러한 것들은 생각해보면 너무 아득해서 애초에 실제로 있었는지도 잘 모르겠다.

왠지 모르게 애잔하고 서글퍼 눈시울을 적시게 하는 그러한 명일동이 가끔은 꿈같이 뭉클하게 다가오곤 한다. 그런 어린 시절의 보석같이 맑고 영롱한 추억들을 절대로 잊고 싶지 않다.

김유빈

언니 언니 우리 언니

— 시와 짧은 산문

바 람

풀밭에서는
풀들의 몸놀림을 한다.
나무가지를 지날 적에는
나무가지의 소리를 낸다.

풀밭에 나무가지에
보일 듯 보일 듯
하늘에
사과알 하나를 익게 하고
가장자리에
금빛 깃의 새들을 날게 한다.

1999년 새봄

손녀 유빈 진급을 축하하며

할아버지 김춘수

초등학교 1학년 내 짝꿍 김향기

짝꿍 짝꿍 내 짝꿍
돌머리 같은 내 짝꿍

20점 맞은 받아쓰기 시험지를
매일 아침 책가방 속에 구겨 넣던
돌머리 같은 내 짝꿍.
매일 아침 100점 맞고 얻은 자두 맛 사탕을
반나절 내내 입안 가득 굴리며
그 진한 자두 향을 폴폴 풍기던 나에게
경이와 찬양의 눈길을 보내던
돌머리 같은 내 짝꿍.

기상이변처럼 100점을 못 맞은 날

기상이변처럼 100점을 맞은 내 짝꿍.

기쁨에 겨워 환호하던 찰나

눈물을 뚝 뚝 흘리던 나를 보고는

자리를 박차고 일어나

억지로 자두 맛 사탕을

내 손에 쥐어주고는

교실을 뛰쳐나가버렸던

짝꿍 짝꿍 내 짝꿍

돌머리 같은 내 짝꿍

초등학교 1학년 첫날, 나는 내 짝꿍이 바보인 줄 알았다.

그도 그럴 것이 당시 중학교 배치고사를 앞둔 언니와 함께
한 집중 교육으로 한글을 다 떼고 영어 알파벳에 손을 뻗치던
나에 비해 내 짝꿍은 선행학습이라곤 하나도 안 되어 있는, 흔
히 유치원 때 하루 종일 놀이터를 장악하고 있던, 유아기 때의
사회학습을 정리해보고 초등학교의 학교 공부와 사회화에 적
응하기 위한 과도기로서 유치원 생활을 했던 나와는 너무나 판
이하게 달랐던, 그런 아이였기 때문이다.

그래서 내 짝꿍 입장에서는 매우 얌전하게 자리에 앉아, 선생님께서 질문만 해주신다면 전날 완벽하게 전과로 예습한 공부를 오목조목 발표해내곤 했던 내가 마치 외계인처럼 이상한 아이로 여겨졌을지도 모른다.

초등학생들에게 가혹할지는 몰라도 그 당시 매일 아침 받아쓰기를 해서 100점을 맞은 아이에게만 사탕을 주곤 했는데 50명(원래 45명 정도가 정원이지만 나는 1반이어서 50명이었다) 중 서너 명만 그 특권을 누릴 수 있었고 영어 알파벳을 외우던 나로서는 100점을 놓친 적이 없었던 터라 항상 사탕을 먹으며 1교시를 시작하곤 했다. 사탕이 좋아서였기보다는 먹어야 할 것 같아서 사탕을 (억지로) 먹곤 했는데 내 짝꿍은 그것이 그렇게 부러웠나 보다.

아주 가끔은 내가 100점을 놓칠 때도 있었고 아주 가끔은 내 짝꿍이 50점을 넘기기도 했다. 한번은 내 짝꿍이 100점을 맞고 선생님이 주시는 사탕을 처음으로 받은 적이 있었는데 공교롭게도 그날 100점을 못 맞은 나는 옆에서 환호하는 모습에 너무 자존심이 상하고 수치스러워 서글프게 흐느꼈고 내 짝꿍은 그렇게 소중한 자신의 보물을 나에게 주어버렸다. 생각해보면 그때의 내가 참 얄밉다.

또 한번은 이런 일이 있었다.

당시 유행하던 신데렐라 반지를 사러 엄마랑 손을 잡고 상가의 액세서리점에 갔는데 그 액세서리점이 하필이면 내 짝꿍의 어머니가 운영하시는 곳이었다. 나랑 눈이 마주친 내 짝꿍은 허둥지둥 숨어버렸다. 나는 그때 그렇게 많은 공간 중에 왜 하필이면 거울 밑에 숨었을까 이해할 수가 없었

초등학교 때, 독서 중

다. 안타깝지만 쭈그리고 앉아서 얼굴을 붉히던 모습까지 세세하게 다 보였던 것이다.

초등학교 1학년, 처음이자 마지막으로 내가 교과서를 안 가지고 온 날, 벌로 뒤에 가서 손 들고 서 있을 때 가만히 내 옆에 와 손 들고 서 있던, 그래서 선생님께 머리통을 쥐어박히고 자리로 돌아갔던…….

생각해보면 잊을 수 없는 아이다.

내가 봐왔던 많은 아이들, 앞으로 보게 될 많은 아이들 중에서도 초등학교 1학년 내 짝꿍 김창기는 가장 순진하고 착한 아이일 것 같다.

커피니 예찬

그대 내 곁에 선 벗이여

햇살 같은 완벽함으로

아침을 반기는 그대 향기여

늪에 빠진 날짐승처럼

볼품없이 쪼그라든 내 자존심을

어루만지는 그대 손길이여

질주하는 장님 같았던

젊은 날의 어리석음에 한 떨기 사약을 내리는

그대 내 삶에 군림하는 왕이시여

제동 걸린 앞길에서 뒤처진 나를 향해

새벽달같이 미소짓는 그대 그 깊은 눈짓이여

언니가 고3일 때 매일같이 커피를 마시는 모습이 어린 내

눈에는 너무나 멋져 보이고 왠지 쿨해 보였다. 뭔가 좀 어른스럽다고나 할까……. 나이 차이가 많이 나는 관계로 그 당시 어린아이였던 나는 엄마가 절대로 커피를 못 마시게 했다. 그래서 더욱더 그 모습이 부러웠고, 언니가 마실 때 어떻게든 한 모금이라도 좀 마셔보려고 갖은 노력을 했다.

지금 언니는 커피를 마시지 않는다. 바로 다이어트를 하고 있기 때문이다. 언니는 다이어트라는 것은 여자들의 평생 숙제가 아니냐며 왠지 좀 잘난 척을 한다. 자기가 자기 관리에 몹시 뛰어난 사람이라고 생각하는 모양이다. 그런데 나는 그 모습이 부럽다. 커피를 마시지 않아도 되는 그 모습! 이제는 상황이 바뀌어 내가 고3이라서 이번에는 내가 커피를 입에 달고 산다. 가끔 나만 마시기 왠지 억울해서 언니에게도 좀 먹여보고 싶을 때가 있다. 그래서 나는 설탕이나 크림을 안 넣고 커피만 넣어서 마시면 살이 찌지 않는다고 꼬드겨보기도 한다. 그럼 언니는 자기는 그렇게 독한 커피를 마시면 밤에 잠을 못 자서 싫다고 한다.

밤늦게까지 공부할 때, 그리고 새벽에 일어나 학교에 갔을 때, 나의 달콤한 잠을 깨워주는 것은 언제나 커피뿐이다. 그래서 마치 친구 같다. 내 마음을 알아주고, 나와 함께 고생하는 다정한 친구……. 커피를 마시면 신기하게도 정신이 맑아지

고 잠이 달아난다.

　커피는 향기롭고 따뜻하고 부드럽다.

　나는 고3 수험 생활이 끝나도, 달면 삼키고 쓰면 뱉는 언니처럼 이 향기롭고 다정한 커피를 배신하지 않고 여전히 변함없이 사랑해줄 생각이다.

달맞이꽃

어린 시절, 나에게는 친척들 사이에서 통하는 별명이 하나 있었다. 바로 '유미 그림자'였다.

나는 민망하리만큼 언니 뒤를 따라다녔다. 몸뿐만이 아니라 마음도 함께였다. 두 자매 일체랄까? 나에겐 선택권이라는 게 존재하지 않았다. 언니의 선택이 즉 나의 선택이었으니까.

예를 들어 친척들이 다 모였을 때 피자를 시킨 적이 있다. 언니는 배가 부르다며 안 먹겠다고 했고 친척들이 나에게 피자를 먹으라고 권했을 때 나는 속삭이듯이 말했다.

"나도……."

이 말인즉슨 나도 지금 언니와 마찬가지로 배가 부르니 피자를 먹지 않겠다는 말이다.

사실 그때 난 굉장히 배가 고팠었다.

다른 사람이 보면 이해를 못 하겠지만 친척 중 거의 막내였

어렸을 때 언니와 계곡에 놀러 가서 예쁜 조약돌을 줍고 있다

던 나는 그럴 수밖에 없었다.

그땐 어렸기 때문에 사촌들도 다 어른 같았고 친척들이 다 모여 북적거리는 날이면 나는 한없이 작게 느껴졌으니까……. 어쨌거나 나는 언니가 일어서면 일어서고 앉으면 따라서 앉고 심지어 화장실까지 따라다녔다.

이 '유미 그림자' 현상을 가장 재미있어하셨던 분은 바로 할아버지다.

어느 날 할아버지께서는 나에게 꼭 알맞은 시가 있다며 서재로 부르셔서 「달맞이꽃」이라는 시를 붓글씨로 써주셨다. 이 시는 할아버지 시 중 내가 가장 좋아하는 시이기도 하다.

언니 언니
소리 없이 핀다.

달이 뜬다
어서 나와라.

언니 언니 우리 언니
들릴락 들릴락 소리 내며 핀다.

　　이 시에는 언니만을 쫓아다닌 수줍음 많던 어린 내 모습이 모두 담겨 있다.

　　하지만 이 시를 보면서 '조금 더 길었으면……' 하고 생각했던 적이 많았다.

　　물론 시에서 분량이 중요한 것은 아니지만 나는 제목이 달맞이꽃인만큼 달이 조금 더 부각되었으면 하고 바랐다.　그래서 내가 원하는 방향으로 뒤이어 지어보았다.

　　아래가 내가 연이어 지은 시이다.

언니 언니
소리 없이 핀다.

달이 뜬다
어서 나와라.

언니 언니 우리 언니
들릴락 들릴락 소리 내며 핀다.

바람에 보드끼는 곤충의 날갯죽지가
파르르 몸서리 치는 여름 밤이면,

홀로 피어 서러운 이파리들이
한밤내 가득 달빛을 품고,

언니 언니 우리 언니
그렇게 소리 내며 핀다.

어렸을 때처럼 할아버지께 연작한 이 시를 보여드리지는 못했다.

이 시에 뒤이어 써볼 생각을 했을 때 이미 할아버지는 이 세상에 계시지 않았다.

하지만 만약 할아버지께 보여드렸다 해도 할아버지는 언제나처럼 온화한 미소로 이렇게 대답하셨을 것이다.

"유빈이 시 참 잘 썼네"라고…….

새벽녘

새벽녘 16층 난간에선
별이 바닥에서 빛난다.
발꿈치 아래 세상은
검은 안개 속을 은하수처럼 흘러간다.

이따금 길 잃은 별똥별이
끝없이 바닥 너머로 사라지면
이내 바알간 햇살이 별빛을 밀쳐대는 것이었다.
한밤내 바닥에서 반짝이던 16층 난간의 새벽녘은
어느새 일상의 아침이 되어 있던 것이었다.

이번 겨울에 우리 가족은 15년 동안 살았던 어은동을 떠나

이사를 했다.

　이사를 하는 날, 언니랑 마지막으로 어은동에서 우동을 먹었는데 그때의 그 심란하고 울적한 마음을 잊을 수가 없다. 그날 이사를 모두 마쳤을 때는 밤 9시가 넘어가고 있었고, 그날도 어김없이 나는 관리사무소에서 운영하는 독서실에 있었기 때문에 12시가 되어서야 비로소 새로 이사한 집에 가볼 수 있었다. 나는 이 독서실에 약 5년간 다녔다. 꼭 공부만을 위한 장소는 아니었다. 집에 돌아왔을 때 열쇠가 없으면 독서실에 가서 한숨 자기도 했고, 속상한 일이 있으면 으레 내 자리에 엎드려 삭히기도 했다. 고등학교 올라와서 나의 생활 동선은 집-학교-독서실-집이었기 때문에 내가 이 독서실에 대해 갖는 애착은 굉장히 크다. 물론 이사한 날이 마지막으로 독서실에 간 날이었고 그냥 가는 게 아쉬워서 나는 내 자리에 (한국인들이 으레 잘 하는 행위인) 자취를 남겼다. 내용은 비밀이다.

　이사하는 내내 울적했지만 막상 새 집을 보니 금세 기분이 좋아졌다. 사실 새로 건축된 노은지구는 어은동보다는 여러모로 훨씬 좋았다. 특히나 내 방에는 작은 베란다가 있어서 한 면이 완전 창이었는데 창문을 열었을 때 그 풍경은 정말이지 장관이었다. 주택가는 물론 월드컵경기장과 시내로 빠지는 대로까지 한눈에 볼 수 있었다. 게다가 밤이 되면 온 도시가 불빛으로

번쩍번쩍거렸고 3층에서만 살던 내가 16층으로 솟아 아래를 내려다보았을 때 그 불빛은 아름답다 못해 경이로울 정도였다.

새벽이 되면 꺼질 불빛은 꺼지기 때문에 가로등의 빨간 불빛과 월드컵경기장의 파란 불빛, 농수산시장의 초록색 불빛 정도만이 남아 있었다. 밖은 너무 고요하고 어두운데 창밖은 불빛들로 밝아서 가끔 밤하늘의 별 같다고 느낀 적도 있었다. 가끔씩 지나가는 자동차의 헤드라이트 불빛은 16층에서 바라보면 펜으로 찍은 점보다도 작았다. 이는 꼭 별똥별같이 내 시야에서 사라지곤 했다.

어은동이 추억이 깃든 소중한 곳이라면 노은동은 아름답고 세련된 곳이었다. 나에게 어은동이 들국화 같은 존재라면 노은동은 벚꽃과도 같았다.

나는 아직도
현관까지 파고드는 그 서러운 겨울바람을
그 조그만 심장에 맞대고 버텼던
그날 밤을 잊을 수가 없다.

하교길이었던가.
끊임없이 그림자처럼 따라오는 것이 있어
뒤돌아보니
눈물이 빨갛게 굳어버린
강아지 한 마리가 눈을 끔뻑이며
나를 쳐다보고 있었다.

발길을 돌리자

역시 조용히 뒤따르던 모습이 애처로워
길바닥에 쭈그리고 앉아 쓰다듬어주었다.
그리고 생각했다.
아쉽지만 놀이터에서 작별해야겠다고.

그날 저녁
결국 코트 속에 품고 집까지 와버렸다.
하지만 뜨끈뜨끈한 거실 바닥에
발 하나 내딛지 못하고
그 어린 생명체는
자신을 집어삼킬 듯한
추위 속으로 다시 내몰리고 말았다.

이제 눈이 굳어 울지 못하는
어린 생명체를 대신해서
나는 펑펑 울며
이번엔 반대로 내가 말없이 뒤따랐다.

이 모진 겨울
이 세상에 너랑 나 우리 둘밖에 없는 양

우리는 그렇게 끌어안고 빨간 눈으로 밤을 지새웠다.

그 후로
한 번도 만나지는 못했지만
나는 분명 어느 푸근한 할머니 밑에서
행복하리라는 것을 알고 있다.

그리고 눈망울이 크디 큰 너에게 이런 이름을 붙여주었다.

멍길이라고.

나는 동물을 참 좋아한다. 아마도 동물을 좋아하는 아빠의 딸이라서 그런가 보다.

어렸을 땐 싫어하는 동물이 없었다. 심지어 뱀도 매혹적인 동물이라고 생각했을 정도니까.

하지만 초등학교에 입학하며 키워보고 싶은 동물은 많아도 키울 수 있는 동물은 몇 안 된다는 사실을 알게 되었고, 그로써 '키울 수 있는 동물'로 선택한 것이 강아지다. 물론 우리 엄마에게는 '키울 수 없는 동물'이었지만.

그래서 나는 가끔 주인 잃은 강아지를 한 마리씩 집에 데리고 왔고, 그때마다 엄마는 질겁하며 내쫓곤 했다.

그렇게 많이 내쫓긴 강아지들 중에서도 유독 잊을 수 없는 강아지가 한 마리 있다.

초등학교 4학년 겨울이었다.

우리 학교 운동장은 여느 겨울과 마찬가지로 꽁꽁 얼어붙어 학교가 파하고도 나는 친구들과 늦게까지 썰매를 타며 놀고 있었다. 겨울이라 그런지 시간이 많이 지나지 않았는데도 해가 떨어지고 이내 어둑어둑해졌다. 집 방향이 달랐던 나는 친구들과 헤어져 휘청휘청 집으로 돌아오고 있었다. 그런데 어느 순간에서 무언가 나를 따라오고 있는 것 같다는 느낌이 자꾸 들었다. 뒤돌아보니 강아지였다.

짧은 밤색 털에 하얀 점이 있는 귀여운 강아지였다. 항상 엄마가 '광견병이 있을 수 있으니 절대 길가에 있는 개를 만져선 안 된다' 라고 주의를 주었지만 나는 아랑곳하지 않았다. 그때도 마찬가지였다. 나는 사나운 개도 잘 쓰다듬는 편이다. 우선 나를 향해 짖고 있는 개는 내가 자신보다 우위에 있으니 위협적이라 생각해서 짖는 것이다. 이럴 때 나는 무릎을 굽혀 눈높이를 개의 눈높이와 같게 한다. 그리고 몇 분이고 뚫어져라 눈을 맞추고 있으면 이내 온순해진다. 아마도 자신과 동등

설악산에서 엄마, 언니와 함께

하다고 여기는 듯하다. 이번도 마찬가지였다. 나는 허리를 굽혀 시선교감을 하려 했다. 그때 발견한 건 굳어버린 눈물 자국이었다.

아…… 나는 그때 너무 마음이 아팠다. 우리 고모 집 강아지는 눈물이 있을 때마다 고모가 정성껏 휴지로 닦아주어서 털이 새하얀데 이 강아지는 얼마나 울었기에 이렇게 되어버렸을까 싶었다. 마음이 아파 쓰다듬어주다가 집에도 늦게 돌아왔는데 강아지까지 안고 있는 모습을 보면 엄마가 얼마나 꾸중을 하실까 생각하고 놀이터에서 헤어지려 했다. 그러나 발이 떨어

지지가 않았다.

'그래, 슈퍼까지만 같이 오다가 슈퍼에서부터는 달려와야지.' 역시 실패다.

'그래, 아파트 정문까지만이야. 그 다음에는 좁은 길로 새야지.' 역시 실패였다.

도저히 두고 올 수가 없었다. 나는 집으로 돌아가면 되지만 강아지는 돌아갈 곳이 없었다.

할 수 없이 그냥 안고 와버렸다. 집까지.

엘리베이터 앞에 왔을 때 우리 집 아래층에 사는 언니가 '어머, 강아지 너무 이쁘다' 하며 쓰다듬어주었다. 강아지도 갑자기 사랑을 받으니 기분이 좋은지 갈갈거렸다.

나는 우리 집 강아지가 아님을 알아볼까봐 내심 조마조마하며 기다렸다.

문이 열리고 엄마가 보였다.

"엄마, 내일 바로 인터넷으로 분양할 테니까 오늘 밤만 우리 집에서 재우면 안 돼?"

물론 분양할 마음은 눈곱만큼도 없었다. 하루만 같이 지내면 우리 집 강아지가 될 수 있으리라는 희망으로 건네본 말이었다. 하지만 엄마가 내 의도를 모를 리가 없었다.

단 몇 분이지만 나랑 같이 지냈던 강아지를 다시 그 추위

속에 내몰려고 하니 속이 뒤틀리는 듯하고 눈물이 맺혔다. 할 수 없이 나는 소시지랑 따뜻한 우유를 가지고 집 밖을 따라나 섰다.

아파트 현관에 강아지가 움츠리고 있었다. 며칠 굶은 것 같아서 소시지를 내밀어보았지만 먹지 않았다. 나라도 먹을 수 가 없었을 것이다. 당장 잘 곳도 없는데…… 게다가 너무 추워 보였다. 겨울을 나기엔 아직 털이 너무 짧았다.

마음이 너무 아파서 가만히 안아주었다. 아까처럼 강아지 는 기분 좋은 갈갈 소리를 냈다.

'멍청하긴, 내가 엄만 줄 아나 봐…….'

나는 그날 그렇게 안아주고, 눈물도 닦아주고 했다. 길 잃 은 강아지는 광견병에 걸렸을 수도 있다는 말은 내게 아무런 영향을 미칠 수 없었다.

아마도 그날 한밤중까지 아파트 현관 앞에서 강아지랑 안 고 있었던 것 같다. 고등학생이었던 언니가 야자가 끝나고 집 에 돌아올 때까지 계속 그러고 있었으니까. 그날 결국 집엔 혼 자 돌아왔다. 강아지가 춥지 않게 조그만 수건담요랑 소시지를 두고 현관 문도 닫고 집에 돌아왔다. 좀처럼 잠을 이룰 수가 없 었다.

아침 일찍 다시 내려가봤을 때 강아지는 그곳에 없었다.

걱정 반, 안심 반이었다. 아파트 주민한테 내쫓겼을 수도 있지만 전날 그 언니처럼 마음씨 좋은 아파트 주민이 키워줄 수도 있었다. 나는 후자 쪽으로 생각하기로 했다. 어차피 어느 쪽을 선택하든 내 마음이 편하지 않기는 마찬가지일 테니까.

　살다 보면 참 많은 이별이 있다.
　이별을 겪어가면서 슬퍼하고 그만큼 성숙해지고 한다.
　한낱 하룻밤을 같이했던 강아지에 그렇게 연연해할 건 없다.
　다만 이별을 겪기엔 나도, 그 강아지도 너무 어렸을 뿐이다.
　그날 밤 나는 그 강아지에게 이름을 하나 지어주었다.
　멍길이라고.

늙은이처럼 졸고 있다.

내가 기억하는 명일동이다.

누구에게나 아득한 과거의 추억처럼 다가오는 단어가 있을 것이다.

들었을 때 기억이 날 듯 말 듯한. 그러나 왠지 생각해볼수록 가슴이 뭉클한 그런 단어 말이다. 나에게는 명일동이 그러했다. 자세한 기억은 나지 않지만 들을수록 애잔한 맛이 있었다.

내가 기억하는 명일동의 모습은 어느덧 10년을 넘어가고 있다. 지금은 그곳에 누가 살고 있고 어떻게 꾸며져 있는지도 알 수 없다. 어쩌면 새 건물이 들어섰을 수도 있다. 거기도 꽤나 오래된 동네니까.

명일동 할아버지 댁엔 방이 다섯 개였던 것 같다. 안방과 그 옆 방 사이엔 복도 구실을 하는 통로가 있었는데 거기엔 할아버지 화장실이 있었다. 그 맞은편에는 옷걸이가 있어서 어렸을 때 항상 거기에 숨어 있다가 화장실에 들어가시려는 할아버지를 놀래켜 드리곤 했다.

항상 햇빛이 내리쬐는(물론 기억 속에서이다) 베란다도 있었

다. 거기에는 거북이 두 마리가 온몸을 늘어뜨리고 빈둥대며 살고 있었다. 이따금 정말 할 일이 없었을 땐 거북이를 뒤집으며 놀기도 했다.

절대 잊을 수 없는 것이 하나 있다. 바로 과자벽장이다. 손자 손녀들의 왕성한 식욕을 배려하여 고안된 벽장이다. 물론 할머니가 관리하셨다.

내가 너무 어려서 그렇게 느꼈을지도 모르지만 벽장 문을 열면 과자가 와르르 쏟아져 나왔던 것 같다. 마치 헨젤과 그레텔의 과자의 집을 연상케 한다. 특히 거기엔 '짱구' 과자가 많았다. 어쩌면 그것밖에 없었는지도 모른다. 이 독특한 벽장을 생각하노라면 할머니가 떠올라 괜히 눈시울을 붉히기도 했다.

놀 것이 정말로 없던 할아버지 댁에도 잡동사니를 담은 항아리가 하나 있었다. 여기엔 탱탱볼, 고무줄, 던지면 빛나는 공, 윷놀이판, 뭐 이러한 잡다한 것들이 있었다. 정말 할 것이 없으면 한 번씩 손을 넣고 뒤집곤 했던 항아리다.

이러한 것들은 생각해보면 너무 아득해서 애초에 있었는지도 잘 모르겠다.

왠지 모르게 애잔하고 서글퍼 눈시울을 적시게 하는 그러한 명일동이 가끔은 꿈같이 뭉클하게 다가오곤 하였다.

미아

아이는 울고 있었다.

등 뒤엔 엄마가 하얀 허리를 굽혀
생선을 고르고 있는데
아이는 앞만 보고
울먹울먹 눈물을 떨어뜨리고 있었다.

태양이 지긋이 웃고 있는
어느 여름날이었다.

　　나는 어렸을 때 길을 참 많이 잃었다. 어디 먼 곳에 나가
길을 잃은 것이 아니었다. 맨날 가던 슈퍼, 아빠랑 산보하는

길가 등에서 언제고 한 번씩 없어졌다.

　신기한 것을 발견하면 으레 따라가곤 했던 지나친 호기심 때문이기도 했지만 같이 있던 사람이 눈앞에 보이지 않으면 잘 찾아보지 않고 이내 으헝 하고 울어버렸던 탓이기도 했다.

　한번은 이런 일이 있었다.

　엄마랑 손 잡고 시장 보러 갔다가 엄마 손을 잠시 놓친 적이 있었다. 바로 그때 어떤 아저씨가 지나가서 엄마가 순간 가려졌다. 그 순간 나는 고래고래 소리지르며 울기 시작했고 엄마는 내 손을 잡고 바로 집에 돌아와야만 했다.

지금도 길눈이 어두워 새로운 곳에 갈 때는 항상 다른 사람
과 동행해야만 한다. 이런 내 성격 탓에 고생도 꽤나 했지만 지
금은 그러려니 하고 지낸다.

　　하지만 어렸을 때 길을 잃을 때마다 느꼈던 두려움을 상기
시키며 나타내본 시가 바로「미아」이다.

조화

바다 속에 빨갛게 번져가는
플랑크톤은
너무 작아서 생명체임을
망각할 때가 있다.
지상에 먼지쯤으로밖엔 여겨지지 않는다.

바다 속에 버티고 있는
묵중한 흰수염고래는
너무 커서 생명체임을
망각할 때가 있다.
지상에 바위쯤으로밖엔 여겨지지 않는다.

참 이상하다.

플랑크톤과 고래가 공생하는 저 바다는.

너무 이상한 두 생명체를
이상히 여기지 않는 저 바다는
참 이상하다.

어렸을 때 나는 다소 엉뚱하고 상당히 멍청했다.

　게다가 호기심이 생기면 물어서 풀 생각은 하지 않고 혼자 공상하며 끝없이 펼쳐갔다.

　이를테면, '인간은 거대한 공 같은 지구에 산다' 라는 사실을 알게 되었을 때 나는 인간이 지구 속에 산다고 생각했다. 그래서 언젠가 끝없이 나아가면 지구 벽을 만질 수 있으리라 굳게 믿었다. 하지만 그러다 보니 문제점이 생겼다. 지구 벽이 있다면 하늘도 지구 벽으로 막혀 있어야 했다. 그런데 암만 봐도 하늘은 어딘가에 막혀 있는 것 같지는 않았다. 그렇다면 지구는 위가 뚫린 반구라는 말인가? 그런데 사람들은 왜 원이라고들 하는 것일까…….

　며칠간 고민하던 끝에 내린 결론은 이러했다. 지구 벽은 투명하거나 하늘과 비슷한 색이어서 눈에 안 보일 뿐이라

고······.

초등학교에 올라와 어
느 포스터에서(아마 '지구
를 지켜라'와 같은) 사람들
이 손을 잡고 지구를 둘러 서 있는 모습
을 보았을 때 그 충격은 이루 말할 수가 없었다.

그밖에도 혼자 공상했던 것과 실제가 달랐을 때 받은 충격
들은 상당히 많았고(또 한 경우는, 신호등이었다. 사람도 파란 불에
건너고 자동차도 파란 불에 가면 부딪힐 텐데······ 차라리 사람은 파란
불에, 자동차는 빨간 불에 가야 되지 않을까?) 알아가는 기쁨보다는
나의 이데올로기와는 너무 다른 현실에 약간 실의에 빠지기도
했다.

그러나 가끔은 어렸을 때의 그 호기심 많고 공상적인 내 모
습이 그리울 때가 있다. 현실적이고 입시 준비에 바쁜 내 모습
을 바라보노라면 어린 내가 그렇게 보고 싶을 수가 없다.

허브

아끼던 로즈마리 화분에
손톱만 한 잡초가 돋았다.
가만 보니 머리에 진주를 이고 있었다.

로즈마리 잎이 홀홀 털어버린 그 방울방울을
온몸으로 소중히 품고 있었다.

그 영롱한 한 방울 속에
허브향 가득한 세상이
반짝이고 있었다.

시험 기간이 되면 세상이 그렇게 아름다울 수가 없었다.

아빠 연구소에서 인라인 타는 중

아침마다 길가에 환하게
핀 이름 모를 꽃들이 연신 발
길을 붙잡았고 나는 그런 꽃을
핑계 삼아 지극히 천천히 학교
를 향했다.

시험 기간이 되면 세상일에 그렇게 관심이 갈 수가 없었다.

신문의 머릿기사가 어찌 그렇게 긴박한 상황이고 세상일
이 어쩜 그렇게 걱정이 되는지, 내가 걱정만 하면 세상 일이 풀
릴 듯이 혼자 걱정하곤 하였다.

밤에 혼자 책상에 앉으면 더욱 그러했다. 갑자기 초등학교
2학년 때 짝꿍 얼굴이 미치도록 보고 싶고, 중학교 3년 친구가
보내준 편지도 한 번쯤 정리해야 할 것 같았다.

마음을 정리하고 기지개를 켜기 위해 베란다에 나가면 연
신 들쑥날쑥한 식물들이 빤히 쳐다보는 것 같아서 발을 뗄 수
가 없었다. 할 수 없이 물을 주고 돌보다가 내가 가장 아끼는

'로즈마리' 화분을 들고 방에 들어온다.

물을 주었더니 허옇던 잎이 생기를 되찾는다. 허브 향이 머리를 맑게 할 것 같아 책상 위에 두고 시험 공부를 하기 시작한다. 아니 시험 공부를 하려고 한다. 그러면 은은한 허브 향이 방을 가득 메우고 향기에 취해 다시 한 번 그 식물을 뿌듯하게 바라보지 않을 수가 없다.

은은한 자태를 뽐내며 향기를 내뿜는 로즈마리 허브. 가까이 가면 로렐라이의 유혹적인 노래에 홀려 바다에 빠지고 마는 선원들처럼 향기에 취해 할 일을 잊는다. 문득 눈을 떠보면 그 아름답고 유혹적인 허브 잎 아래에 초라하기 그지없는 잡초가 하나 돋아 있다.

바람에 날려 왔을까……. 그나마 떡잎이라고 자랑스럽게 새끼손가락 손톱보다도 작은 두 잎을 펴고 있다. 그 잎엔 로즈마리 잎이 훌훌 털어버린 물 한 방울이 맺혀 있다.

한 방울일 뿐인데 그 한 방울 때문에 두 떡잎이 무게를 이기지 못하고 바닥에 닿을 듯 굽히고 있다.

이슬은 다이아몬드보다 밝게 반짝거린다. 그리고 이슬만큼 방을 비추고 있다.

잡초는 이슬을 세상으로 착각하는 양, 혼신의 힘을 다해 받쳐 들고 있다.

정신을 차리고 시험 공부를 한다. 한참 하다가 은근히 다시 한 번 쳐다보노라면 아까와 똑같은 자세로 이슬 한 방울을 감싸안고 있는 잡초가 보인다.

가로등

가로등 하나가 밤길을 적시고 있다.
주먹만 한 불빛 아래
하얗게 내리던 눈송이 몇 잎.
하염없이 지상으로, 지상으로
내리치는 빗줄기가 범하지 못한 건
한낱 자그마한 불빛.
-(그러나 희망같이 샘솟는)
바라고 섰는 우산 깃에
빗물이 스멀스멀 기어드는
6월의 밤.

나는 비 오는 날을 좋아한다.

비가 오면 세상이 맑아지고, 가뭄이 해소되고 하는 등의 이유에서가 아니다.

단지 비가 내릴 때의 분위기가 좋았고 새로 산 얼룩무늬 우산을 쓸 수 있어서다. 여기에 mp3까지 있으면 정말 최고다.

비 오는 날과 얼룩무늬 우산과 발라드는 그렇게도 궁합이 맞을 수가 없었다.

우리 동네는(이사하기 전 어은동) 가운데에 공원이 하나 있고 공원을 따라 인도가 직선으로 깔려 있는데 5~6월이 되면 그 인도를 따라 나무가 우거져 마치 비밀의 화원 같았다. 게다가 우리 집은 거의 제일 끝, 모퉁이를 돌아야 비로소 나오기 때문에 밤이 되면 지나가기가 상당히 무서웠다. 가끔은 안개가 길을 가리고 있어서 내가 수풀 속을 지나고 있는지, 단지 내에서 헤매고 있는지 헷갈릴 정도였다. 그나마 그 길을 매일 밤(야자 끝나고) 걸어올 수 있었던 건 모퉁이에 가로등이 하나 있어서인데 생각해보면 고맙게도 그 가로등은 15년 동안 한 번도 고장이 나지 않았던 것 같다.

이 가로등에서 어렸을 때 발견한 것이 하나 있다.

폭우가 쏟아지는 날이면, 가로등 불빛과 빗물이 맞물려 마치 눈송이 같은 것(사실은 비)이 흩날리는 것이었다. 어렸을 땐

그것이 너무 신기해서, 창문으로 가로등에서 내뿜는 눈송이가 보일 양이면 집 밖으로 나와서 우산을 들고 가만히 관찰하곤 했다.

고등학교에 올라와선 그 가로등을 볼 일이 더 잦아졌다. 밤길을 걸어야 하기 때문에 불 켜진 가로등을 항상 볼 수 있었고, 무심코 지나치는 날이 대부분이었지만 가끔은 어렸을 때를 추억하며 가로등 눈발의 세례를 맞으며 집에 돌아오곤 했다.

물론 내가 좋아하는 얼룩무늬 우산을 쓰고 발라드를 한 곡조 들으면서다.

창 밖엔 가도가도 끝없는
검은 산등성이뿐이었다.

우리나라는 저산성 산지라는데
그때 그 산은
어찌 그리 험악했을까

간간이 지붕 무너진 폐가라도
보일 양이면
몸서리치며 언니 소매에 매달리곤 하였다

달빛의 차가운 그늘 속에서
밤잠 설친 지친 눈은

흘러가는 은하수인 양
스쳐 지나가는 검은 하늘을
우리 차는 길 잃은 별같이
외롭게 달리곤 하였다

우리 가족은 할아버지 댁에 자주 갔었다.

명절마다 갔으니 일 년에도 5~6번은 갔던 것 같다. 대전
에 사는 우리 가족이 명절 때 한번 서울에 가는 길은 네다섯 시
간 정도가 걸리는 것은 기본이었다.

한번 가면 아쉬워서 주로 하룻밤은 자고 오곤 했는데 이튿
날이 되어서도 못내 아쉬워 집에 돌아오는 것을 미루고 미루다
가 오후 7~8시쯤에 나오면 대전에 도착했을 때는 11시가 넘
는 적도 많았다.

어렸을 땐 집으로 돌아오는 그 길이 얼마나 무서웠는지 모
른다. 그나마 차가 막혀 모든 차가 헤드라이트를 켜고 줄지어
있을 땐 힘드나마 무섭지는 않았지만 우리 차만 한적한 고속도
로를 쌩하니 달릴 때에는 너무 무서워 흠칫흠칫 울먹거리기도
했다. 제사상을 차리느라 지친 엄마는 항상 차에 타자마자 잤
고, 아빠는 운전하기에 바빴다.

옆에 앉은 언니는 매정하게 시디플레이어만 듣다가 자버리곤 해서 나 혼자 눈을 동그랗게 뜨고 창밖을 바라보곤 했다.

참으로, 참으로 산밖에 없었다.

고등학교에 올라온 후 한국지리 시간에 배운 것에 따르면 우리나라는 저산성 산지란다. 아마 지금 그 길을 달려보면 저산성 산지라는 게 느껴질지도 모른다. 하지만 그때 그 산은 아마도 에베레스트 산보다 험했던 것 같다.

꼬마 울보의 이야기

—산문 모음

봄 안개

耳目口鼻
耳目 口鼻
울고 있는 듯
或은 울음을 그친 듯
넘치는이, 넘치는이.
보처럼 바다 하나가
三萬年 저쪽으로 가고 있다.
가고 있다.

金春洙

꼬마 울보 이야기

나는 유치원을 1년밖에 다니지 않았다.

다섯 살 때부터 엄마 손을 잡고 여러 유치원에 돌아다녀봤지만 일주일을 못 버티고 그만두기가 다반사였다. 그 당시 나는 동네 아주머니들이 뒤에서 수군대던 소위 별난 아이였고 또래들 사이에선 울보라 불렸다.

엄마도 그런 내 성격을 많이 걱정하셨고 또 언니 때 이미 한번 겪어본 일인지라 웬만해서는 마음이 약해지지 않고 아침마다 날 질질 끌고 가시곤 했지만, 그때마다 나는 현관 문에 딱 풀로 딱 붙인 코알라처럼 단단하게 매달려 절대로 떨어지지 않았다. 언니는 가기 싫다고 울고불고 온갖 호들갑을 떨어도 끌고 가면 끌려갔는데 넌 뭐 이리 힘이 세냐며 결국엔 어느 시점부터 엄마도 포기하셨다.

하지만 지금 생각해보면 유별난 성격 때문에 유치원에 다

용평 드래곤 밸리에서
언니와 함께

니지 않았던 것이
꼭 나쁜 일인 것만은 아니었다. 대여섯 살, 남들이
평범하게 유치원에 가서 친구들과 어울려 놀고 서너 시쯤 집에
돌아오던 그 시간에, 나는 하루 종일 엄마와 함께 보냈다(그 당
시 언니는 사춘기라 나와는 별로 놀아주지 않았다). 그래서 엄마가
시장 갈 때, 백화점 갈 때, 기타 어디를 가더라도 나는 항상 엄
마를 따라다녔고 반상회, 학부모 모임, 심지어 언니 초등학교
담임선생님 만나러 가는 자리까지 함께 갔던 것 같다.

한번은 이런 적도 있었다. 언니랑 과외를 같이 하는 학생
들의 학부모님들이 한식집에서 모였다. 평소처럼 거기도 어김

없이 따라갔던 나는 어머님들이 음식을 주문하실 때 나지막히 그러나 확실히 들릴 정도로 명확한 목소리로 "저는 짬뽕!" 했다.

오후가 되어 아빠가 집으로 돌아오시면 그때부터 겨우 엄마와 떨어져 이번에는 아빠에게 딱 붙어 있었다. 아빠가 퇴근하실 무렵이면 하루도 빠짐없이 마중 나갔다가 어깨동무를 하고 집에 돌아오곤 했다. 어느 날은 아빠가 허리를 잔뜩 굽혀 나랑 키를 맞춘 뒤 평소처럼 어깨동무를 하고 노래를 부르며 어디론가 가고 있었는데, 그 모습을 본 언니 친구들이 우리가 언니 가족인 줄 미처 모르고 '저 사람들 진짜 웃기다'며 배를 잡고 웃어서 언니가 굉장히 부끄러웠다고 했다.

주말이면 항상 아빠 연구소에 따라가서 아빠가 세차하는 동안 나는 나무열매를 따서 모으고, 풀밭에 엎드려 그림을 그리고, 혼자 그늘에서 롤러브레이드 타는 연습을 하며 시간을 보냈다. 하지만 항상 아빠랑 엄마랑 함께 보낼 수 있었던 것은 아니었다. 그런 날은 혼자 놀았는데 나는 혼자 노는 것을 굉장히 좋아해서 전혀 심심하거나 또래를 사귀어야겠다는 신념을 가지지 않았다. 집에서 기르는 식물 잎을 하나씩 뜯은 뒤 돌멩이로 찧어서 약통에 담는 놀이를 주로 했고, 귤 껍질을 까서 귤 하나하나에 든 모든 알갱이를 세보기도 하며 시간을 보냈다.

그러다 지치면 그림을 그리고, 동시를 짓고, 피아노를 치고, 책을 읽었다.

부모님은 이미 유별났던 언니를 통해 한번 겪어본 경험이라 그리 큰 걱정은 하지 않으셨다고 한다. 어떤 면에서 나보다 더 특이했던 언니도 막상 초등학교에 입학하자 자기도 튀는 행동을 하면 부끄러운 일이라는 사실을 깨달았던지 그냥 남들처럼 평범하게 공부도 열심히 하면서 아주 잘 적응했다고 너도 그럴 거라고 늘 말씀하셨다. 물론 나도 초등학교에 입학하고부터는 학교에 잘 적응하고 또래 친구들도 많이 사귀게 되었다.

그렇지만 꼬마 울보였던 시절이 그리울 때도 많다. 아니 항상 그립다. 어린 시절의 빛나는 추억이야말로 가장 값진 것이기 때문이다.

여섯 살 소녀의 첫 소설

사실 난 여섯 살 때 단편소설 하나를 지은 적이 있다.

소설이라기보다는 동화에 가깝지만 '그냥 한번 지어본 것' 치곤 친척들에게서 상당히 호평을 받았던 것으로 기억된다. 무엇이든 처음 듣는 낱말이 있으면 한번은 꼭 써먹어야 직성이 풀리는 나였기에 '쌍둥이'라는 단어와 '쌍코피'라는 단어를 처음 들은 날도 도저히 그냥 지나칠 수가 없었다. 그렇게 해서 '쌍둥이'를 소재로 지어진 그 소설은 언니의 강력 추천 끝에 할아버지께서도 읽게 되었고 할아버지 서재의 책상 서랍 속에 몇 년 동안 간직되는 영광을 누리게 되었다(언니가 명절에 나의 만류에도 불구하고 기어이 그 소설을 할아버지 댁으로 들고 가 온 친척들 앞에서 나를 망신시키고 말았기 때문에 일어난 일이다).

제목은 '쌍코피 터진 세쌍둥이'였다.

내용은 참으로 단순했다. 옛날 옛적에 어느 평화로운 마을에 세쌍둥이가 사이좋게 살고 있었는데, 가끔 한 명씩 원인 모를 쌍코피가 터지는 것이었다. 의사선생님도 그 이유를 알지 못했다는 그런 내용이다. 엄마는 아무리 다시 읽어도 이 소설은 너무나 엽기적이라며, 이런 글을 할아버지께서 읽으신다면 얼마나 놀라시겠냐면서 절대로 할아버지께 보여드리지 말라고 신신당부를 하셨다. 그러나 "할아버지, 엄마가 이거 할아버지한테 보여드리지 말랬어! 너무 이상하다구!"라고, 그 말까지 언니가 홀라당 할아버지께 일러바치는 바람에 할아버지께서 엄마를 나무라셨다. 어린아이가 쓰는 글은 다 참신하고 독특하며 나름대로 큰 의미를 지니고 있는데, 왜 어른이 어른의 기준으로 이런 건 좋으니까 써라, 이런 건 좀 이상하니까 쓰지 말라 이렇게 평가하냐면서 말이다. 그냥 아이가 쓰면 뭐든지 쓰는 대로 내버려두라고 말씀하셨고, 시아버지를 하늘처럼 존경하는 엄마는 그 다음부터 내가 무엇을 쓰든지 박수를 치며 열렬히 환영해주셨다.

어린 시절의 내 소설과 시에는 코피 나는 소재가 자주 등장했는데 그 이유는 따로 있다. 사실 나는 어릴 때 자주 아프고 웬일인지 코피가 자주 나서 죽도록 싫어하는 이비인후과에 자주 끌려가곤 했다. 엄마 말씀에 따르면, 이비인후과에만 가면

갑자기 킹콩으로 돌변하
여 모든 병원 도구들을 발로 차
고 울고불고 소리지르고 함으로써 내 주변에 아무도 접근하지
못하게 했고, 그 병원의 모든 간호사 언니들과 의사 선생님은
상당히 다정하고 친절한 분이었는데도 나의 존재를 굉장히 두
려워하시며 나만 가면 안색이 창백해지셨다고 한다. 그래서 그
런 소재가 등장한 것은 당연지사였다. 다만 아쉬운 점이 있다
면 일생 일대 처음 써본 소설을 좀더 귀중히 간직하지 않았다
는 점이다.

　가끔 언니가 그 소설을 개작해볼 것을 권유했지만 그때마
다 '처음이 아니면 가치가 없다'는 명분으로 거절했다. 어린
나이에 뭘 안다고……. 그 다음부터 쓴 소설은 그때만큼 사람

들의 뇌리에 박히지 못했다. 아무래도 세쌍둥이와 쌍코피라는
두 소재가 너무나 절묘하게 어울려 사람들에게 적지않은 충격
을 주었던 모양이다.

할아버지와 대머리 인형

어렸을 때 할아버지 댁에 가면 제일 먼저 하는 일이 하나 있었다. 바로 할아버지랑 인형 사러 가기! 평소 엄마가 안 사주는 것들을 잘 기억해두었다가 할아버지 댁에 갈 때마다 (언니를 통해) 사달라고 했다.

제사를 지내러 갔을 때였다. 나는 언제나처럼 할아버지와 함께 인형을 사러 갔다. 이것저것 만져보고, 눌러보고, 안아보면서 여기저기를 기웃거렸다. 그러다 내 눈을 사로잡는 인형을 발견했다. 갓 태어난 아기 인형이었는데 머리카락이 하나도 없어서 정말 갓난아기 같았다. 나는 그 인형을 보자마자 한눈에 반해버리고 말았다. 나는 그것을 안고 가만히 서 있었다. 나는 어렸을 때 부끄러움을 너무 많이 타서 웬만해서는 절대로 입을 열지 않았기 때문에, 사달라는 표시는 그저 사고 싶은 물

소파에 앉아서
나를 안고 있는 언니

건을 가만히 잡

고 있는 것이었다. 그럼 할아버지께서는 알았다며 고개를 끄덕

이시고는 아무 말 없이 계산대로 가지고 가셔서 계산을 하셨

다. 그것이 우리 사이의 약속이었다.

　　나는 그 머리카락이 없는 갓난아기 인형을 가만히 안고는,

얼굴을 쓰다듬고 있었다. 그러자 할아버지가 깜짝 놀라신 표정

으로 "아니 인형이 대머리네?" 하시는 것이었다. 그리곤 더

예쁜 인형도 많으니 다른 것으로 고르라고 하셨다. 나는 못 들

은 척 조용히 그 인형만 쓰다듬었다. 한동안 할아버지는 나를

설득하기 위해 다른 인형도 보여주셨다가, 또 폭포수 같은 금발머리를 휘날리는 다른 멋진 아가씨들 인형들도 많은데 왜 하필이면 대머리 인형이냐고 나무라기도 하시는 것이었다. 그러나 나는 여전히 갓난아기 인형과 한몸이 되어 석고상처럼 굳은 채 떨어지지 않으려 했다. 그래서 할아버지는 하는 수 없이 그 인형을 사도록 허락해주셨다.

집으로 오는 길에도 할아버지는 여간 못마땅해하시는 것이 아니었다. 그래서 혼잣말로 "원 애도 참 특이하지…… 저 대머리 인형이 뭐가 좋다고 그러는지……" 하시며 굉장히 씁쓸해하셨다. 집에 도착해서 할아버지는 큰 소리로 "원 애가 고집도 세지. 다른 예쁜 인형들 다 놔두고 대머리 인형을 잡고는 놓지도 않고……" 하시는 것이었다. 할머니와 엄마가 달려나오셔서 "오늘은 또 뭘 샀니?" 하시며 인형을 보시더니 비명을 지르시며 "엄마야? 진짜 애기 같네!" 하고 좋아하셨다. 그러자 할아버지께서 또 혼잣말로 "원 애가 대머리 인형을……" 하시며 상당히 마음에 안 들어하셨다.

아직 예의범절을 잘 몰랐던 나는 어린 마음에 화가 나서 그만 혼잣말 비슷하게 "할아버지는…… 자기도 대머리면서……" 하고 말해버렸다. 워낙 말이 없던 내가 할아버지 댁에 도착하고 나서 처음으로 한 말이었다. 할머니는 무척이나

재미있어하시며 큰 소리로 웃으셨고, 할아버지는 기분이 몹시
상하셨는지 아무 소리도 못 들은 척하시는 것이었다.

할아버지는 내 차지!

어렸을 때 할아버지가 우리 집에 놀러 오시는 날은 가장 기쁜
날이었다. 나는 할아버지를 너무너무 좋아했고, 또 이 세상 누
구보다 할아버지를 존경했으니까 말이다. 그 뿐이 아니라 할아
버지께 평소 내가 써두었던 시와 소설과 독후감도 보여드릴 수
있고 할아버지는 용돈도 많이 주시고 맛있는 것도 많이 사주셨
기 때문이다.

나는 욕심이 많아서 할아버지를 나만 차지할 수 있는, 언
니가 학교에 가 있는 시간이 좋았다. 언니는 학교에서 늦게 왔
기 때문에, 유치원에도 다니지 않았던 나는 언니가 올 때까지
할아버지를 나 혼자 마음껏 차지할 수 있었다.

할아버지께서 우리 집에 오시면, 나는 할아버지 옆에 딱풀
로 붙인 것처럼 찰싹 붙어 앉아서 이것도 조금 보여드리고 저
것도 조금 보여드리며 놀았다. 내가 그린 그림, 내가 지은 동

할아버지의 고향 통영에서

시, 일기장, 독후감, 이런 것들 말이다. 그러면 할아버지는 계속해서 싱글벙글 웃으시며 재미있게 글을 읽고 칭찬도 해주시며 즐거워하셨다.

그 당시 나는 유치원에는 다니지 않았지만 엄마 친구분들의 자식들과 영어 과외를 받았다. 엄마 친구분의 아들이 외국인 여성과 국제결혼을 하시는 바람에 그 외국인 선생님에게 영어로 된 동요와 동화를 배울 수 있었던 것이다. 네 명이서 배웠는데 우리는 매일 선생님과 함께 피아노를 치며 영어로 노래를 부르고 책을 읽었다. 그래서 나는 할아버지가 오시면 영어로 노래도 불러드리고 책도 읽어드리고 했다. 그럴 때마다 할아버지는 무척 기뻐하시며 "우리 유빈이는 본토 발음으로 아주 멋

진 영어를 구사할 줄 아는구나" 하시며 기특해하셨다. 할아버지께서 학창 시절을 보내실 때는 일본인 선생님들께 영어 회화를 배운 나머지 "지금 나 영어회화 한다" 하는 말 없이 그냥 들어서는 도무지 어느 나라 언어인 줄 모를 만큼 이상하고 영어와는 전혀 다른 그런 회화를 배우셨던 것이다. 그래서 내가 할아버지께 '원숭이가 나무에 있어요'를 영어로 해보라고 부탁드리면 할아버지는 일본식 발음으로 말씀해주셨고 나는 깔깔대고 웃곤 했다.

그러다 보면 시간이 금세 지나가 언니가 학교에서 돌아오고, 그럼 다 같이 식사를 하러 나가거나 드라이브를 했다. 지금도 그때 기억이 바로 어제처럼 생생하다.

유빈이 보아라,

날씨가 많이 따뜻해졌구나. 학교에 잘 다니고 동무들하고 재미있게 어울리겠지. 조금 있으면 또 한 학년 올라 가겠구나.

할머니 할아버지는 유빈이를 항상 귀엽고 예쁜 다고 생각하고 있다. 뭐든 말할 한게 있으면 말해 보려므나. 3월 말쯤에 할머니 생신날이 되면 또 오겠지. 그때 다시 만나자. 그때까지 안녕.

1998년 2월 17일

유빈이를 늘 귀엽게 여기는

할머니 할아버지가,

술래잡기

예전에 할아버지 댁은, 할아버지 방과 할머니 방이 어둡고 가늘고 긴 통로로 연결이 되어 있었다. 그 통로의 맞은편에는 화장실이 있었고, 그 통로에는 옷들이 잔뜩 걸려 있어서 나와 동갑내기 사촌오빠는 그곳에서 술래잡기 같은 놀이를 자주 했다.

아주 어렸을 때였다. 나랑 동갑내기 오빠는 둘이서 술래잡기를 하고 있었다. 내가 술래고 오빠가 숨어야 하는 차례였다. 내가 열을 세면서 귀를 기울여보니, 오빠가 쿵쾅거리며 통로 쪽으로 달려가는 소리 그리고 화장실 문을 여는 소리가 적나라하게 들리는 것이었다. '음…… 화장실에 숨었구나…… 후후후.' 그런데 문제는 그 화장실에서 할아버지가 볼일을 보고 계셨던 것이다. 그래서 할아버지께서 어서 나가라고 오빠를 야단치는 소리가 들려왔다.

　　나는 평소 발

소리만으로도 오빠가 어느 쪽에 숨었는지를 알아차

릴 수 있었는데, 할아버지께서 어서 화장실 밖으로 나가라고

야단치시는 목소리가 들려와 숨은 장소를 더욱 확실히 알 수

있었다. 열을 다 세자마자 그곳으로 달려갔다. 그리고 화장실

문을 벌컥 열었는데, 몹시 화를 내고 계시는 할아버지 모습만

보이지 오빠는 온데간데없이 사라져버린 것이었다. 난 할아버

지의 만류에도 불구하고 화장실 안으로 뛰어들어가서 여기저

기를 기웃거리며 오빠를 찾기 시작했다. 난처해진 할아버지는

우리의 술래잡기를 종결시켜 일초라도 빨리 밖으로 나가게 하

기 위해 "호중이는 저기에 숨어 있다"고 욕조를 가리켜 내게 알려주셨다. 내가 욕조 쪽으로 가려고 하자 잔뜩 겁이 난 오빠가 "총이다! 내 총알을 받아라!" 하고 외치며 샤워기를 틀어 내 쪽을 향해 물을 뿌렸다. 그러나 내가 있는 대로 비명을 지르며 재빨리 달려나오는 바람에 그 물은 고스란히 할아버지가 맞게 되었고, 굉장히 기분이 상하신 할아버지는 무시무시하게 고함을 치시며 우리를 야단치셨다.

다시 생각해도 웃음이 나는 기억이다.

선물

매년 있는 일이었지만, 할아버지 생신 때면 나는 말할 수 없이 초라함을 느꼈다. 그도 그럴 것이 1년에 한 번 볼까 말까한 친척들까지 모두 모인 자리에서 남들은 근사한 선물을 준비해오는 데 비해 내 예산으로는 박하사탕 따위의 시시껄렁한 것밖에 준비할 수 없었기 때문이다. 일주일에 천원씩 꼬박꼬박 받고 있던 용돈으로 한 달을 모아봤자 4천원. 근사한 선물을 준비하기엔 너무나 악천후였다. 초등학교 고학년에 진급하며 박하사탕이나 초콜릿 따위를 내미는 것에 대해 굉장히 회의감을 느끼고 남들에 비해 특별한 것을 준비하기 위해 몇날 며칠을 고심했다. 그리고 조심스럽게 생각해낸 것이 스킬. A4용지 정도 되는 크기의 일종의 십자수였다.

할아버지 생신에 맞춰 끝내기 위해선 최소한 한 달 전부

터 준비해야 했다. 안타깝게도 문방구에서 파는 스킬용품은 어린이를 위해 제작된 것이라서 배경이 판에 새겨져 있었다. 배경에 따라 실을 짜기만 하면 되도록 말이다. 하지만 할아버지께 피카추나 스누피 같은 그림이 새겨진 스킬을 드릴 수는 없었다. 그래서 나는 그 배경 위에 펜으로 진하게 '할아버지 사랑해요. 오래오래 사세요'라고 덧칠해야만 했다.

그리고 매일 밤 상당한 시간을 스킬 하는 데에 쏟아부었다. 꽃가루나 먼지같이 공기 중에 떠다니는 것에 심한 알레르기가 있던 나는 하루 종일 털실이 날리는 방안에서 스킬을 하느라고 꽤나 고생했다. 할아버지 생신 전날은 난생 처음으로 새벽 3시까지 깨어 있으면서 작업했음에도 불구하고 다 완성하지 못해 배경의 한 귀퉁이가 허하게 뚫려 있었다. 미완성이라는 사실이 너무 치욕스러워서 마침내 이럴 바에야 드리지 않겠다는 어려운 결정을 내렸다. 완성한 것보다 훨씬 더 멋지다며 부모님께서 격려해주시지 않았더라면 끝내 한 달 동안 준비한 선물을 드리지 못했을 것이다.

다음 날, 할아버지께서 상자를 열었을 때 나는 놀라움을 금치 못했다. 스킬이 다 완성되어 있었다! 어머니께서 그 전날 밤을 새어 완성해주신 것이다.

기쁨 반, 쓸쓸함 반이었다. 할아버지는 모르셨겠지만 어

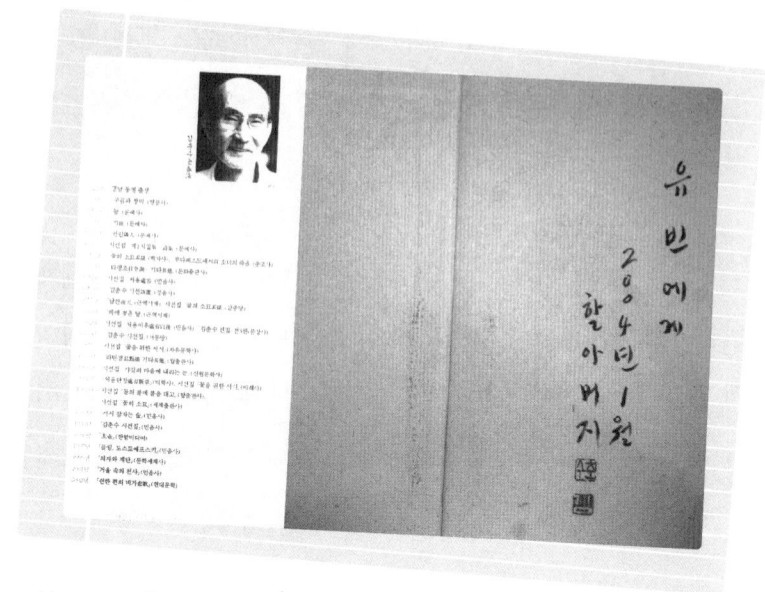

할아버지께 마지막으로 받은 책

짰든 배경의 한 귀퉁이는 내가 한 것이 아니었다. 하지만 할아버지는 그 어떤 선물을 받았을 때보다 환하게 웃으셨고, 나도 그 웃음에 그 전날까지의 모든 고심을 한번에 날릴 수 있었다.

오래오래 사시라는 정성이 담긴 그 메시지는 할아버지 침실의 거울 앞에 항상 반듯이 놓여 있었지만 야속하게도 할아버지는 5년 뒤 끝내 나의 간곡한 소망을 저버리고 마셨다.

그 후 그 스킬이 어디로 갔는지는 알 길이 없었다. 할아

버지 유품을 정리하다가 어딘가에 버려졌을지도 모른다. 할아버지와 나를 제외하곤 누가 봐도 먼지 쌓인 털뭉치로밖엔 안 보였을 테니까.

지금 생각해보면, 어릴 때 감정 표현이 서툴렀던 나에게 처음이자 마지막으로 할아버지께 전한 메시지였다. 할아버지께 직접 말로 전하기엔 너무 쑥스러워서였지만 할아버지 역시 그 메시지를 그냥 흘려보내지 않고 끝까지 간직함으로써 나에게 화답해주셨다.

미완성작이라는 이유로 할아버지께 그 선물을 드리지 못했더라면 지금 내가 얼마나 후회하고 있을까 하는 생각이 든다.

서점에서 있었던 일

1999년도였으니까, 아마도 초등학교 3학년 때였던 것 같다.

　하루는 서점에 책을 사러 갔다. 책을 한참 고르고 있는데, 저 멀리 어딘가에서 "김춘수 시인이 어쩌고 저쩌고" 하는 소리가 얼핏 들려왔다. 나는 화들짝 놀라 귀를 쫑긋 세우고 가만히 들어보았다. 그 당시 어떤 출판사에서 '실사구시 시리즈'라는 이름으로, 시인들이 자기의 대표 시를 손수 골라 펜으로 직접 쓴 책을 냈는데, 첫 책이 할아버지 시집이었다. 그 시집 이야기를 하는 것 같았다.

　나는 무슨 이야기를 하나 좀더 자세히 들어보기 위해, 책을 찾는 척하면서 그쪽으로 걸어갔다. 그리고 염탐을 했다. 한 아주머니께서 서점 주인에게, 선물을 하려고 그러니 김춘수 시인 책을 여러 권 주문하겠다고 말씀하고 계신 것이었다. 나는

언니와 내가 소장하고 있는 할아버지의 책들

자랑스러운 마음에 여간 기분이 좋은 것이 아니었다. 그런데 갑자기 그 아주머니가 "아니 근데 김춘수 이 사람 왜 이렇게 글씨를 이상하게 쓰지? 어휴…… 눈 나빠지겠어!" 하시는 것이었다. 그 말을 듣고 얼마나 화가 났는지 나도 모르게 그만 "우리 할아버지예요!" 하고 말할 뻔했으나 그냥 씩씩거리며 집에 왔다.

집으로 돌아와 엄마에게 있었던 일을 말씀드렸다. 그러자 엄마는 웃으시며, 너도 다른 유명한 작가들 이야기할 때 이름만 부르지 않냐면서 모르는 사람이니까 기분 나빠 할 일은 아

니라고 하셨다. 그러면서 시를 좋아하는 사람이라면 그리 나쁜 사람은 아닐 테니 너무 속상해하지 말라고 다정스럽게 말씀해 주셨다.

어린 시절의 창작 활동

나의 어렸을 때 취미는 시를 쓰거나 동화를 짓는 것이었다. 내가 지은 동화를 보는 사람들은 다들 배를 잡고 웃었는데, 정말 이루 말할 수 없이 유치하고 웃긴 내용이었기 때문이다. 여섯 살 때 야심차게 지었던 첫 단편소설이 있었다. 그것은 유치원 다니느라 피곤한 와중에도 틈틈이 짬을 내어 썼던 소설이기 때문에, 그 소설에 대한 나의 애정은 각별했다. 그런데 그 단편소설을 읽은 언니는 며칠 동안 웃다가 참다 못해서 할아버지 댁으로 가져가 사촌들에게도 보여주었다. 그리고 그 소설을 읽은 사촌들 역시 미친 듯이 웃으며 나를 부끄럽게 만들었다. 나는 쥐구멍에라도 숨고 싶을 정도로 창피했고 다시는 언니랑 말을 하지 않겠다고 결심할 정도로 언니를 원망했다.

조금 자라서 초등학생이 된 나는 더 이상 창작 활동에 전념

유빈아 보아라.

유빈이 글 잘 썼더구나。밥 잘 먹고 잘 놀고
하거라。
            할아버지 가

유빈아! 글을 너무 잘 썼더라. 언니하고 잘 지내고 있겠지.
오늘도 그림 배우러 나가니? 다음에 좋은 그림 그려 오너라.
그리고 건강하게 잘 지내거라. 아빠 엄마 말 잘 듣고. 안녕
                        할머니 가.

공주 유빈..!
우리 유빈이 다 컸구나. 인제 언니가 유빈이 편지를
다 받아보게 되었으니 말이다.
언니는 참 영광이다 그치? 공주님 편지를 받아봤으니..
보고 싶구나.
            94. 11. 8   Bara

부산 해운대에서 언니랑

할 시간이 없다는 것을 깨달았다. 왜냐하면 유치원 때와는 달리 학교라는 곳은 나에겐 힘든 곳이었기 때문이다. 숙제도 해야지…… 과외 수업도 받아야지…… 그렇지만 창작 활동에 대한 불타는 염원을 차마 모른 척할 수 없어 편지를 쓰는 것으로 그나마 위안을 삼곤 했다. 그 편지를 가장 많이 받은 사람은 바로 우리 언니다. 처음에 언니는 무척 좋아하며 답장도 써주곤 했다. 그러나 언니의 답장을 받는 것에 재미가 붙은 내가 그만 너무 많은 편지를 남발하자, 나중에는 이제 제발 편지 좀 그만 쓰라고 부탁할 정도였다. 그래도 포기를 할 수 없었던 나는 새로운 방법을 시도하기도 했다. 가령 만화 편지를 보내거나 그림 편지를 보내는 것이었다. 나는 아주 좋은 방법이라고 생각했고, 역시나 언니도 정말 웃기다면서 재미있어했다.

비밀노트 7호

— 일기

무지무지 긴 방학 동안 잘 계십니까?

저는 4학년 5반 김유빈이지요.

찜통더위가 한창이라서 살이 까맣게 타고 말았군요!!

후후훗

그러면 저의 비밀노트 7호라고 할 수 있는

이 일기장을 보시죠

그럼 여러분 이만……

2000년 7월 14일 금요일
제목 : 암석

오늘은 아빠가 퇴근하실 때 연구소에서 암석을 가지고 오셨다. 내 주먹만큼이나 커다란…… 아주아주 굉장한 암석을! 그것도 3개씩이나! 단지 나에게 주시겠다는 이유만으로!

나는 울고 싶어졌다. 그렇지만 애써 눈물을 감추었다. 내가 울고 싶어졌던 이유는 바로 이것이다. 나는 이제껏 살아오면서 아빠가 나를 그렇게나 좋아하는지는 생각도 못했기 때문이다.

나는 눈물을 삼키며 돌을 만져보았다. 무척 차가웠다. 나는 셋 중에서 가장 작은 암석을 내 사무실로 가지고 왔다. 나한테는 사무실이 있다. 사실은 내 방인데 굉장히 멋있다. 컴퓨터와 책상이 있고 거기다가 돋보기와 현미경 그리고 모눈종이도 있어서 무엇이든 연구하기에 좋은 장소라고 생각한다. 아빠 연구실에 갔다가 부러워서 나도 연구실이 갖고 싶다고 하자, 엄

276

마가 이렇게 나만의 연구실을 꾸며주셨다. 거기다가 언니가 아트박스에서 '사장실'이라고 씌어 있는, 문 앞에 붙이는 팻말을 사다 주었는데, 그것을 아빠가 내 방문에 붙여주어서 정말 멋진 연구실이 되었다.

아빠는 연구소에서 암석과 지하수 같은 것을 연구하신다. 나는 그런 아빠가 너무너무 멋있어서 나도 따라 한다. 그래서 나는 작은 돌멩이랑 우리가 마시는 음료수를 연구해볼 때가 많다. 오늘은 돋보기를 가지고 아빠가 주신 암석을 연구해보고, 그것을 모눈종이에 그린 다음에 색칠도 했다. 연필이 가는 곳마다 돌이 척척 그려졌다. 그래서 나는 연필을 두 자루나 부러뜨려야 했다.

2000년 7월 15일
제목 : 온천

내일은 할아버지 댁에 간다. 그래서 엄마랑 언니랑 손을 잡고
온천에 갔다.

처음에 언니는 나중에 영어 과외 받으러 가야 되는데 숙제
를 다 못 했다면서 안 간다고 했다. 내가 언니가 안 가면 나도
안 갈 거라고 난리를 쳤다. 그러자 엄마가 언니한데 그러게 왜
숙제를 빨리빨리 안 해뒀냐고 야단치셨고, 언니가 나중에 나랑
단둘이 남았을 때 너 때문에 나만 엄마한테 혼났다고 책임지라
고 해서 나는 울 뻔했다. 그러자 언니가 지금 네가 울면 내가
또 엄마한테 혼나니까 울지 말라면서 그냥 온천에 가겠다고 해
서 기분이 좋아졌다. 내가 언니한데 만약에 숙제를 안 해가면
어떻게 되냐고 물어보니까, 언니가 과외선생님한테 손바닥을
맞는데 거기엔 남학생도 두 명이나 있어서 절대로 맞을 수는
없다고 했다. 아무튼 그래서 언니가 학원 숙제를 전속력으로

마친 뒤 다행히도 셋이 가게 되었다.

　나는 언니한테 온천에 오니까 갑자기 온천의 전설이 생각난다고 말했다. 그러자 언니가 무슨 전설이냐고 말해달라고 그랬다. 그래서 내가 이야기해주려고 하는데 갑자기 생각이 안났다. 그래서 잊어버렸다고 하니까 언니가 원래 몰랐으면서 그러지 말라고 해서 나는 화가 나서 대충 지어서 이야기해줬더니 언니가 그렇게 재미없는 전설은 또 처음 들어본다고 그랬다. 그리고 왠지 네가 지어낸 것 같다고 그래서 부끄러웠지만 오히려 화를 내며 아니라고 그랬다.

　언니는 차가운 탕으로 들어가더니 잘난 척하면서 수영을 했다. 나는 사실 수영을 못한다. 그래서 잠수를 했다. 그리고 언니랑 손잡고 또 잠수를 했다. 그런데 언니가 갑자기 물이 더러운 것 같다며 화들짝 뛰어서 나가버렸다. 그래서 나도 얼른 뛰어서 나갔다.

　이번에는 어린이 탕으로 들어갔다. 언니는 갑자기 두 손과 두 발로 물속을 걸어다니며 악어 흉내를 냈다. 그래서 질 수 없어서 나는 팔짝팔짝 뛰면서 개구리 흉내를 냈다. 왜 악어(언니)가 개구리(유빈)를 잡아먹지 않을까? 내가 궁금해서 왜 안 잡아먹냐고 물어보자 언니는 맛이 없어 보이기 때문이라고 말했다.

2000년 7월 16일 일요일
제목 : 물고기 기르기

꼬리는 길쭉하고 입을 뻐끔거리며 발이 없는 것이 뭐게~?
금붕어!
아니다~
그럼 물고기!
맞았다~

저번주 일요일에 할아버지랑 아빠랑 엄마랑 나랑 수안보에 놀러 가서 물고기를 많이 잡아왔다. 그런데 그중 한 마리가 죽었고, 나머지는 모두 건강하게 자라서 새끼손가락만 해졌다. 사실 그중 한 마리는 헤엄을 치다가 자기 혼자서 밖으로 점프하더니 말라죽어버렸다. 오늘 아침에 언니가 그것을 처음으로 발견했다. 그 물고기는 밤 사이에 바짝 말라버렸는데, 언니가 그것을 보고 '어? 왜 여기에 멸치가 떨어져 있지?' 하고 생각했

다고 한다. 나는 너무 불쌍해서 멸치가 되어버린 그 물고기를 베란다 화분에 고이 묻어주었다.

그리고 오늘은 이 귀여운 물고기들의 집을 청소해주는 날이다. 먼저 병에 물을 넣는다. 그리고 움푹 파인 물건으로 물고기들을 잘 떠서 준비해둔 병에 넣는다. 그리고 돌멩이, 모래, 풀을 넣고 약간 먹이를 넣어주면 끝이다. 그러나 주의해야 할 것은 학교에서 배운 대로 수돗물을 하루쯤 떠났다가 그 물을 넣어야지 그냥 수돗물을 바로 넣어주면 물고기들이 아프다.

물고기들은 새로운 집으로 이사해서 어색한지 자꾸만 꼬리를 흔들며 여기저기를 돌아다녔다. 그리고 입만 계속 뻐끔뻐끔 했다. 그러나 내가 조금 있다가 다시 가보니 다행히 먹이의 양이 줄어들어 있었고 물고기들은 다시 활발해졌다.

이 작은 것이 참으로 오래도 사는구나!

아! 사람도 물고기라면!

욕심을 버리고 맑은 공기와 맑은 물에서 살 수 있다면…….

2000년 7월 18일 화요일
제목 : 통장

엄마가 나에게도 통장을 만들어주겠다고 하시면서 은행에 가
셨다. 당연히 나도 따라갔다. 나는 일요일마다 용돈을 받는다.
그래서 8만원이라는 어마어마한 돈을 모았다.

　　은행에 가니까 나한테 도장이랑 주민등록 번호가 필요하
다고 했다. 나는 그런 게 없어서 통장을 만들지 못할 거라고 생
각했다. 그러자 너무 슬프고 눈물이 나려고 했는데, 다행히 엄
마가 다 준비를 해오셔서 얼마나 안심을 했는지 모른다. 그래
서 지금 통장에는 내가 가장 아끼는 돈이 저축되어 있다. 내 8
만원에 엄마가 2만원을 보태주셔서 10만원이라는 어마어마한
액수가 말이다! 이 엄청난 액수의 돈을 계속계속 모아서 더 많
은 돈을 벌 것이다. 그래서 호텔도 사고, 커다란 빌딩도 사고,
예쁜 강아지도 살 것이다. 그러기 위해서는 100만원이 될 때까
지 계속해서 돈을 모아야만 한다. 그렇기 때문에 지금은 100원

도 아주 큰 돈이다. 왜냐하면 나중에 999900일 때, 100원이 없으면 아주 곤란하기 때문이다.

　나중에 세계 제일의 부자가 되면 금으로 된 왕관을 쓴 왕비가 되고 싶다. 또 예쁜 드레스를 입는 공주도 되고 싶다. 하지만 이런 꿈을 위해서는 일단 돈을 잘 벌어서 이 작은 통장에 열심히 저축을 해야 한다고 엄마가 말씀하셨다.

　그러나 이 작은 통장이 정말 나에게 그 많은 돈을 안겨줄 수 있을지…… 정말 걱정이 된다.

2000년 7월 20일 목요일

제목 : 책

아빠가 서점에 가신다고 해서 나도 따라갔다. 그러자 아빠가 아빠 책을 사시면서 나에게도 책을 세 권이나 사주셨는데 정말 재미있어 보여서 기분이 좋았다. 아빠가 골라주셨는데, 『명심보감』『보물섬』『사랑의 요정』이었다. 나에게는 책이 무척 많은 편이다. 그리고 언제나 저녁 8시가 되면 책을 읽다가 잔다. 책은 정말 재미있다.

솔직히 말하면 만화책이 더욱 재미있는 것은 사실이다. 그렇지만 엄마가 나에게 만화책은 절대 못 보게 하신다. 왜냐하면 만화책은 폭력적이거나 불량스러운 내용이 많아서 잘못하면 우리가 그런 행동을 따라 할 수도 있기 때문이란다. 그래서 만화책은 보지 않는 것이 좋다고 엄마가 말씀하셨다.

하지만 어떤 때는 만화책이랑 위인전이 섞여 있는 경우도 있다. 위인전인데 만화로 되어 있어서 재미있다. 엄마는 그것

도 안 된다고 하셨다. 내가 왜 안 되냐고 하니까, 만화책에는
그림이 있어서 상상력이 풍부해지는 것을 방해한다고 하셨다.
그러나 나는 반대다. 그것은 위인전이기 때문에 유익하다고 생
각한다. 그러므로 그런 책들은 안 볼 수도 없고 볼 수도 없으니
까 나는 그냥 본다. 하지만 절대로 많이 보지는 않는다! 절대
로! 그것은 나와의 약속이기 때문이다.

　　하여튼 오늘 산 책은 만화책도 아니고 유익한 책인데 정말
재미있었다. 오늘은 일단 『보물섬』만 읽어보았다. 나는 그 책
을 읽으면서 '『피터팬』보다도 더 재미있다……' 하고 생각하

였다. 배에서 싸우고 보물도 찾고 그런 내용이었다.

　참! 생각이 난 김에 한마디 하겠다. 내가 만약 선장이라면, 나는 절대로 손에 이상한 고리 같은 것을 걸지 않겠다. 보기에도 흉하고 아플 것이기 때문이다.

2000년 7월 23일 일요일
제목 : 언니 친구가 놀러 왔다!

언니 친구가 놀러 왔다. 그래서 나는 내 방에 꼭꼭 숨어 있었다. 보통 언니 친구가 놀러 오면 나는 내 방에 뛰어들어가서 꼭꼭 숨는다. 왜냐하면 너무 부끄러우니까……. 그러나 언제까지나 지겹게 숨어 있을 수만은 없다. 그래서 시간이 조금 지나면 화장실에 가는 척하다가 슬그머니 언니 방으로 들어가본다. 그리고 한 시간 정도 지나면 언니 친구랑도 친해진다.

하지만 말을 잘못했다가는 큰일이 난다. 내가 이상한 말을 하면, 언니가 망신스러워서 죽겠다고 난리가 나기 때문이다. 그래서 아무쪼록 말을 조심조심 해야 한다. 그리고 또 하나 주의사항이 있다. 언니 기분을 풀어주려면 아주아주 예쁜 옷을 입고 나타나야 한다(우리 언니는 아주 공주병임). 내가 만약 잠옷을 입고 나타났다가는, 언니 친구가 가고 나면 나 때문에 친구 보기 부끄러워서 죽는 줄 알았다고 언니가 야단을 치기 때문이

다. 그래서 한편으로는 언니 친구들이 오는 것이 아주 귀찮을 때도 있다. 그럼 그냥 방 안에 숨어서 문 잠그고 나라는 사람은 없는 인간인 척해본다. 후후.

오늘은 원래 숨어 있으려고 했는데 답답해서 그냥 언니 방에 가서 같이 놀자고 했다. 그런데 내가 옷도 예쁘게 입고, 말도 조심스럽게 하고, 착하게 행동해 언니 기분이 좋았다. 그래서 언니가 친구랑 게임할 때 나고 끼워주고, 언니 친구가 빌려온 만화책을 나도 봐도 된다고 허락해주었다. 또 내가 그린 그림을 보여주자 언니랑 언니 친구가 참 잘 그렸다고 칭찬도 해줬다.

그런데 사실 나는 별로 재미가 없었다. 만약 재미없다고 하면 안 끼워줄까봐 무지 재밌는 척했는데 솔직히 고등학생들이랑 놀아봤자 하나도 재미없다. 나는 원래 무서운 이야기하는 것, 컴퓨터 하는 것, 스킬 하는 것…… 이런 것이 재미있다. 나는 고등학생들을 이해 못 하겠다.

2000년 7월 27일 목요일
제목 : 엄마의 파마

엄마가 파마를 하신다고 백화점에 가셨다. 물론 나도 따라갔다. 엄마는 나에게 2시간이 넘게 걸릴지 모르니, 엄마가 파마하는 동안 지루하지 않게 책을 한 권 가지고 가서 읽고 있으라고 하셨다. 나는 혹시 모르니까 부루마불 게임도 가지고 갔다. 그러나 아무도 같이 해주지 않았다. 어차피 혼자 해봤자 하나도 재미있지 않으니까 그냥 가방 안에 넣어만 두었다. 책도 다 읽고…… 나는 엄마의 머리 모양이 너무 궁금해서 엄마에게 가보았다.

아니…… 이런…… 윽!!! 엄마의 모습이…… 아니…… 꼭!!!

아니 아니 이런 것은 절대로 말을 하면 안 된다. 이런 말을 하면 엄마가 마음에 상처를 입을지도 모른다. 하지만 이건 아니라고 본다. 너무너무 이상하다. 윽!!!

어쨌든 너무 이상했다. 머리를 돌돌 말아서 이상한 줄(?) 같은 것을 마구 걸치고 있었는데, 그 위에 또 핀 같은 것을 잔뜩 찝어놓았다. 너무 이상했다. 나는 엄마가 너무 불쌍해서 울음이 나오려고 했다. 저런 머리를 하고 살아가야 한다면…….

내가 슬픈 표정으로 가만히 있자 엄마가 조금 있으면 괜찮아진다고 다정하게 말씀해주시며 위로해주셨다. 그리고 미장원은 공기도 안 좋고, 이상한 냄새가 나서 어린이들에게 안 좋으니까 밖에 나가서 책을 보라고 하셨다. 그래서 나는 나가서 기다리기로 하고 다시 밖으로 나왔다. 그런데 자꾸 엄마의 이상한 머리가 떠올라서 걱정이 되었다. 제발 괜찮아야 할 텐데…….

이윽고 엄마가 나오셨다. 이상한 줄과 핀을 모두 빼자 다시 예쁜 우리 엄마로 돌아왔다. 지루하게 기다렸지만 엄마가 착하다고 나에게 살살 녹는 맛있는 아이스크림을 사주셔서 별로 피곤하지는 않았다.

내일은 부산에 놀러 간다. 넓고 푸른 바다와 끼룩끼룩 갈매기
가 있는…….

부산에 가려면 수영복, 통(소라 껍데기를 담아올 통), 쿠션
(차에서 자기 위한 베개), 이불(차에서 덮을 이불), 예쁜 옷(밤에 삼
촌이랑 외숙모랑 정호랑 달맞이고개에 있는 레스토랑에 갈 때 입을 옷)
등등을 엄마가 챙기셨다. 또 장난감, 게임시디, 부루마블(삼촌
이랑 외숙모랑 정호랑 할 것), 커다란 옷(밤에 추우면 입을 옷), 책
등을 챙겼다.

부산에 가는데 뭐가 이렇게 많이 필요하냐고? 부산에는
외할머니 댁이 있는데, 거기서 며칠 자고 오기 때문이다. 외할
머니 댁은 주택이라서 무지하게 넓다. 엄마가 그러는데 100평
도 훨씬 넘는다고 했다. 나는 넓은 마당에서 기념 사진도 찍고,
밤에는 외삼촌이랑 정호랑 폭죽 놀이도 하고, 곤충 채집도 하

고, 고양이한테 밥도 준다. 참! 정호는 외삼촌의 아들이다.

내일 넓고 푸른! 그리고 무시무시한 파도가 출렁이는 바다에 갈 생각을 하니까 설레어서 잠을 이룰 수 없을 것 같다. 그렇지만 걱정거리도 하나 있다. 나는 요즘 방학이라 늦게 일어나는데, 내일 부산에 가려면 새벽 5시에는 일어나서 준비를 해야 한다고 엄마가 말씀하셨기 때문이다. 과연 내가 일어날 수 있을런지…… 한숨만 나오려고 한다. 하지만 부산에 가는 데 그 정도는 해야 한다고 생각한다.

정호를 만나는 것도 기대가 된다. 저번에 내가 부산을 떠날 때 작별 인사를 하자 정호가 무척 슬프게 울었던 것이 떠오른다. 나도 울고 싶었지만 다 큰 내가 운다는 것은 우스운 일이기 때문에 꾹 참았었다. 아무리 슬퍼도 작별은 해야만 한다. 그래야 다시 또 만날 수 있다. 그래서 이번에 또 만나는 것이다. 너무 설렌다.

오늘은 꿈에 바다가 나올 것이다.

2000년 6월 17일 수요일
제목 : 할아버지

우리 할아버지는 무척 유명한 시인이시다. 며칠 전에도 텔레비전에 할아버지가 나오셔서 나는 너무 자랑스러웠다. 그리고 오늘은 우리 집에 놀러 오신다고 하셨기 때문에 설레었다.

사실 나는 나와 친한 친구들에게 할아버지 자랑을 무척 많이 했다. 나는 시를 조금 지을 수 있어서 평소에 많이 지어두었다가 할아버지를 만나면 모두 보여드린다. 그러면 할아버지는 천천히 다 읽으신 다음에 무척 칭찬을 해주신다. 그러면 나는 너무너무 기분이 좋아져서 얼른 달려가서 시를 더 쓴다. 이렇게 몰두해서 시를 쓰다 보면 시간이 얼른 지나가버리고, 할아버지가 집으로 돌아가실 시간이 다가온다. 그럼 너무 슬퍼서 할아버지가 가실 때 나는 맨날 운다. 그러면 할아버지가 기뻐하시며 크게 웃으시고 나를 안아주신다. 그래도 기분은 최고로 좋다!

오늘은 할아버지가 오셨을 때 내가 쓴 시를 모두 보여드렸다. 50편도 넘었다. 할아버지는 50편도 넘는 시를 천천히 모두 읽으셨다. 그동안 나는 할아버지 옆에 앉아서 조마조마하고 있었다.

할아버지는 나보고 상상력이 무척 뛰어나고 그것을 모두 나타낼 수 있는 재능을 가진 훌륭한 어린이라고 말씀해주시고 칭찬도 해주셨다. 나는 훨훨 날아갈 것만 같았다.

내가 이 세상에서 세 번째로 좋아하는 사람이 바로 우리 언니다. 첫번째는 엄마, 두 번째는 아빠, 그리고 세 번째가 우리 언니다.

우리 언니는 공부도 잘하고 얼굴도 엄청나게 예쁘다. 그렇지만 매일매일 학원에 다니고, 과외에 가서 얼굴 볼 시간이 없다. 요즘은 더 심하다! 엄마는 언니가 열심히 공부해서 좋은 대학에 들어가야 하기 때문에 어쩔 수가 없다고 서운해도 참고 혼자 놀아야 된다고 하셨다. 그리고 언니가 대학에 가려면 아무래도 잠을 좀 줄여야 될 것 같다고 걱정도 하셨다.

우리 언니는 잠 자는 것을 정말 너무 좋아한다. 나는 잠 자는 것이 세상에서 제일 싫은데 도저히 이해가 안 된다. 그런데 언니는 어떻게 잠 자는 것이 싫을 수가 있냐면서 내가 더 이해가 안 된다고 했다. 언니는 이불로 온몸을 똘똘 감고 자는데 그

풀밭에서의 한가한 한때, 언니와 함께

럴 때 보면 꼭 김밥 같다. 깨워도 절대로 안 일어나고, 일어나

서는 왜 자꾸 깨우냐고 화를 낸다. 평소에는 예쁘고 착한데 잠

잘 때 깨우면 괴물로 변한다. 그리고 일어나서는 공룡처럼 화

를 낸다.

　예전에는 만나기만 하면 엄청 싸웠지만 요즘에는 아니다.

요즘은 워낙 볼 수가 없어서 언니랑 있는 시간을 조금이라도

아껴야 한다. 그래서 만나면 그냥 논다.

　그러나 그것까지도 못하면 정말 울고 싶다. 내가 언니를

얼마나 좋아하는지 우리 가족들은 잘 모른다. 그냥 다만 가족

이라서 좋아하는 거겠지…… 하고 생각한다. 그렇지만 아니다. 오히려 그 반대다. 가족이라서 언니를 좋아하는 게 아니라, 언니가 나랑 가족이라서 너무너무 좋다. 하여튼 언니랑 놀때가 이 세상에서 제일 기쁘다. 그리고 나는 우리 언니가 이 세상에서 제일 예쁜 것 같다.

만약 언니가 이 일기를 본다면 나를 조금이라도 이해해줄까?

2000년 8월 22일
제목 : 숨기놀이

언니랑 노는 시간이 무척 조금이라고 저번에도 말했다.

요즘에는 아예 얼굴도 못 보지만 밤 새워서 기다리다 보면 운 좋으면 한 번쯤은 볼 수도 있다. 그런데 오늘은 운이 좋다. 언니가 나랑 놀아준 것이다.

방학숙제로 가족신문을 만들어 가야 되는데 언니가 함께 만들어준 것이다.

아이디어는 내가 냈지만 나는 그것을 만들지 못해서 언니가 옆에서 도와주었다. 그리고 우리 언니는 글씨를 너무너무 예쁘게 쓴다. 그래서 언니가 글씨 쓰는 것을 도와주었다. 나는 언니의 모든 점이 좋다. 무조건 좋다. 그런데 어떤 날은 샘이 나기도 한다. 그런데 오늘은 무조건 다 좋고 즐거웠다.

언니가 예쁜 풍선도 만들어서 신문에 붙여주었다. 그래서 나는 기분이 더 좋아졌다. 그래서 조심스럽게 숨기 놀이도 하

1999년 12월 18일 토요일 날씨 ☀

오	늘	은		방	학	이	다	.	
나	는			방	학	동	안		일찍일어나
공	부	를		할		것	이	다	.		근	데		과
연		일찍일어날		수		있을까	?	
하	여	튼		내	일		두	고		보	자	.

자고 한번 말해보았다. 숨기 놀이는 내가 만들어낸 놀이다. 한

명이 술래를 하면 다른 한 명이 30초 안에 숨어야 한다. 그래서

1분 안에 못 찾으면 다시 술래가 되어야 하는데 시간은 아빠가

재어준다.

언니는 그걸 싫어한다. 언니는 맨날 피곤해 죽겠는데 내가

왜 그것까지 해야 되냐면서 싫다고 그런다. 그래도 내가 끈질
기게 조르고 조르면 한 번 정도는 해준다. 오늘도 한 번 해줬
다. 그래서 너무 좋았다.

내가 빗방울이라면

겨울 방학 동시집
3학년 4반
김 유 빈

겨울방학 내내 뭐 할까...
고민하다가 발견했지.
그게 뭐냐고?
동시집이지.
동시집 보고 생각났지.
우리 할아버지를...
우리 할아버지 보고 생각났어.
겨울 방학 동시집을...
나만의 멋진 동시집을...

지은이-유비니

시계

시계는 잠도 없나봐
아침에는 내 동생 깨워주느라 땡땡
점심때는 먹보 누나 밥 먹으라고 땡땡
저녁때는 우리 아빠 빨리 오시라고 땡땡
정말 시계는 잠도 없나봐

시계는 멋쟁이인가봐
아침에는 세수하러 똑딱똑딱
점심때는 화장하러 똑딱똑딱
저녁때는 분칠하러 똑딱똑딱
정말 시계는 멋쟁이인가봐

양말

양의 털을 싹둑 자르고,
양의 털을 쓱쓱 다듬었어요.
양의 털을 오색실에 꿰어서
양의 털을 깁었어요.

말의 털은 반들반들 윤이 났어요.
말의 털을 조금만 깎아내려서
말의 털을 조금씩 붙여나가요.
말의 털로 조금씩 장식해보니
이야말로 멋진 양말이 됐어요.

바다

갯바위가 나쁜 짓 하면
파도 아저씨가
때려주어요

갯바위가 홀쩍홀쩍 울면
갈매기가 까악까악
달래주어요

둥근 빗방울

오전에 비가 왔다.

그래서 학교에서 돌아오는 길에 비를 조금 맞았다.

놀이터 앞을 지나가다가 물이 고인 곳을 보았다.

그곳에는 계속 비가 내려서 이상한 모양의 원이

사라졌다 나타났다 하는 것을 반복했다.

갑자기 신기한 생각이 들어서 그쪽으로만 걸었다.

조심스럽게 걸으니까 재미가 없었다.

그래서 나는 폴짝 뛰었다.

옷은 젖었지만 즐거웠다.

물방울들이 튀어나가는 것이 마치 내 발소리에 놀라

도망가는 것처럼 보였다.

아까 젖은 부분이 차갑게 느껴져서 나는 집으로 얼른

달려갔다.

내가 빗방울이라면

저는 빗방울이랍니다.

저는 농부에게 도움을 주고 싶어요.

그래서 저는 하늘나라에 계시는 뭉게구름 임금님께

허락을 받고 새벽에 친구들과 주룩주루룩 하는 소리를 내며

미끄럼을 탔지요.

하지만 어부에게는 해를 끼치지 않았지요.

해가 떴습니다.

농부가 저에게 슬그머니 다가와 벼를 심었어요.

물론 저는 진흙이 되어 있었어요.

아! 이 얼마나 기쁩니까?

저는 이처럼 기분 좋은 일은 처음입니다.

책

책 한 권 책꽂이에 꽂혀 있다.
같이 산 것도 아닌데
항상 같이 안고 있다.
잠잘 때, 놀 때,
몰래 떼어놓을까봐
잠도 안 자고 껴안고 있다.
엄마와 아기 따로 없이
꼭꼭 껴안고 있다.
하지만, 하지만,
이건 왜 다를까?
책은 많은 아이들을 둔 채
글자만 쓰는데
책꽂이는 왜 심심하게

팔만 벌리고 있을까?
그래그래 책꽂이는
운동장일 거야
아이들 달려오면
꼭 안아주려고
재미없게 심심하게
팔만 벌리고 있다.

단풍잎

시원한 바람이 찾아와 놀려댄다.
쓸쓸하게 떨어지는 단풍잎.
아름다운 옷 차려입고,
그까짓 바람에게 휘날려
옷 색깔 바꾸고
단풍잎 이름 바꿔
구겨진 낙엽 된다.

욕심쟁이 눈

산이며 들이며 온통
새하얀 눈이 뒤덮었어요.
욕심쟁이 눈이 뒤덮었어요.

건물이며 길이며 온통
포근한 눈이 뒤덮었어요.
욕심쟁이 눈이 뒤덮었어요.

하늘을 보세요.
솜털 같은 눈이
펑펑 내려 뒤덮었어요.
모두모두 차지하고 있어요.

겨울을 헤치고

겨울이 오고,
첫눈이 오고,
바람이 와도
끄떡없어요.

크리스마스,
산타 할아버지,
4학년이 오기
때문이지요.

발자국

누가누가 이런이런
추운 겨울에
촘촘하게 무늬를
새겨놓았을까?

두 발로 예쁘게
무늬 새겨
액자에다 소중히 넣어둘까봐!